JN122635

守護霊刑事

藤崎 翔

ポプラ文庫

もくじ

プロローグ　4
守護霊刑事と愛憎のもつれ　25
守護霊刑事と覆面強盗　83
守護霊刑事と変死体　127
守護霊刑事と誘拐　167
守護霊刑事と怪事件　215

プロローグ

大磯拓真《おおいそたくま》、二十四歳。

このたび、U県警独鯉《どっこい》署の、刑事課強行犯係の配属となった。ついに念願の刑事になったのだ。

自慢じゃないけど、と言ってる時点で本当はちょっと自慢なんだけど、二十四歳で刑事になるというのは、かなり早い方なのだ。交番のおまわりさんから警察署の刑事になるのは、希望すれば誰でも叶うわけではなく、交番警察官としての能力と意欲を買ってもらうことが大事なのだ。

拓真は交番警察官として、いくつもの手柄を挙げてきた。たとえば、放火事件の犯人を現場に集まった野次馬の中から見つけ出したり、今まさに空き巣に入ろうとしている泥棒をパトロール中に見つけて検挙したり。そういった活躍が独鯉署の刑事課から評価されて、刑事へのスピード出世につながったわけだ。

あまり自分でおおっぴらに言うものではないけど、やっぱり天才の血を引く者の宿命なのだろう——。拓真はそう自覚している。

実は、拓真の祖父の信夫《のぶお》は、卓越した推理力で数々の難事件を解決に導き、最終的にはU県警の捜査一課長まで務めた人物なのだ。拓真が生まれた時にはもう定年退職していたし、拓真が中学生の時に亡くなってしまったので、現役時代を知っているわけではないが、警察の偉い人だったということは幼い頃から漠然と聞いていた。拓真が警察官を志望したのには、その影響も少なからずあった。実際に警察官になってからも、「ああ、君があの伝説の大磯一課長のお孫さんか」とベテランの先輩に言われたことが何度もある。祖父は、拓真が幼い頃から聞いていた評判通りの、いやそれ以上の名刑事だったようだ。

そして、それゆえに拓真はますます期待されてしまうのだ。ちょっといい働きをするたびに「さすが伝説の一課長の孫だな」とか「天才刑事の血筋だな」なんて言われてしまう。また、実は拓真は交番警察官時代から、事件の解決につながる活躍をする前に、なんだか妙な寒気を覚えて体がぶるっと震えるような感覚があるのだ。もしかすると、これも第六感的な、天性の能力なのかもしれないと最近では思っている。

とはいえ、自分で自分のことを天才かもしれないと思っているような素振りは、周りには伝わらないように心がけているし、謙虚に振る舞うことも忘れていない。というか、拓真は捜査以外の面では、抜けているとか天然ボケとか言われてしまうようなそそっかしさもあるのだ。考え事をしながら歩いていて柱にぶつかったり、考え事をしながらトイレで用を足して流し忘れたり、家の外では極力やらないように心がけているが、一人暮らしの家ではしょっちゅうやらかしている。

それも含めて天才ということなのかもしれないと、拓真は自認している。実際、天才と呼ばれる歴史上の人物の中には、そういった天然ボケのようなエピソードを持っている人も多い。周囲の先輩たちも、時々そそっかしい行動をしてしまう拓真を見て、「馬鹿と天才は紙一重だな」なんて言うことがある。もし拓真に天才的なひらめきがなかったら、本当にただドジなだけの刑事だ。学生時代はそれをからかわれることもしょっちゅうだったし。

とにかく、刑事になった以上は、偉大な祖父の名に恥じぬよう、日々発生する事件と向き合い続けるしかない。そして、天啓《てんけい》のようなひらめきが訪れるまで、地道に捜査し続けるしかない。


――なんて思っている拓真を、常に背後から見守っている者がいることを、拓真は知らない。

大磯八重子《やえこ》、享年八十五歳。もし今も生きていたら、今年で九十歳。

何を隠そう、拓真の祖母であり、現在は守護霊を務めている存在だ。

やれやれ、この子は実力で刑事になったと思ってるんだろうけど、全部私のおかげなんだからね――。拓真が得意な顔で手柄を挙げるたび、八重子はため息をつくのだ。

交番警察官時代に拓真が挙げた手柄はいくつもあるが、実は全部、守護霊である八重子が導いてやったのだ。たとえば、拓真が放火事件の犯人を野次馬の中から見つけ出したことがあった。あれは、放火事件の現場に通報を受けて駆けつけた拓真が、規制線の黄色いテープを張るのを任されていた時に、明らかに手を火傷《やけど》して顔に煤《すす》が付いている男が前の道を通り過ぎ、制服警官の拓真を警戒している様子がありありと分かったから、こいつが犯人に違いないと思って、拓真に気付かせたのだ。霊感のない拓真は、八重子の声を聞くことも姿を見ることもできないのだが、八重子が拓真の首に腕を回し、「ほら気付きなさい、あそこに犯人いるでしょうが！」とヘッドロックするような形で犯人の方へ引っ張ると、拓真はその方向への引力と寒気を感じたらしく、犯人に目を向けた。すると犯人が慌てて目をそらしたため、さすがに怪しいことに気付いた拓真が職務質問をして、そこでようやく男の顔に煤が付いていることに気付き、応援を呼んで検挙につながったのだ。

また、拓真がパトロール中に空き巣狙いの泥棒を見つけたこともあった。あれも、拓真は自らの観察眼で見つけたと思い込んでいるのだろうけど、拓真が先輩警官と雑談しながら漫然とパトロールしているすぐ脇の家のベランダで、今まさに空き巣に入ろうとしている泥棒が、息を殺して拓真たちが通り過ぎるのを待っているのが八重子から見えたので、例のごとく拓真をヘッドロックして引っ張り、視線を泥棒の方に向けさせたのだ。そこでようやく拓真は、人家の窓のそばで黒ずくめの服でしゃがんでいる人影に気付き、「あっ泥棒！」と声を上げ、先輩刑事とともに取り押さえたのだ。――とまあ、こんな出来事が、細かいのを含めると十件以上はあった。とにかく、拓真の交番警察官時代の活躍というのは、ほぼ全部が守護霊である八重子の導きによる結果だったのだ。

ここまでしてやらないと、孫のことが不安でしょうがない。いくら守護霊とはいえ過保護なんじゃないかと、八重子は自分でも思うけど、それにしても心配なのだ。

なぜなら、拓真は昔から、本当にドジでそそっかしいのだ。祖母としてずっと心配していたが、結局直らないまま今に至る。拓真が警察官として手柄を重ねるようになると、このそそっかしさも天才ゆえの抜けている部分なのだと、周囲も本人も勘違いするようになってしまったが、とんでもない。拓真はただドジなだけなのだ。天才刑事といわれた大磯信夫のＤＮＡによって、孫の拓真も天才だなんてことは、断じてないのだ。

というか、そもそも、信夫が天才刑事だったというところから間違いなのだ。

実は、かつて信夫が解決したとされている事件も、すべて妻である八重子が解決していたのだ。

信夫が刑事をやっていた時代は、個人情報の保護などという概念はほとんどなかった。だから信夫は、捜査資料をよく家に持ち帰っていた。それを、専業主婦だった八重子が家事の合間に読んで、「この事件はこういうことなんじゃないの?」とアドバイスしてやると、それがだいたい当たっていたのだ。そんなことが続くうちに、いつしか信夫は「これが今度発生した事件の資料なんだけど……」と言いながら、担当する事件の推理を八重子にほぼ丸投げする形になった。八重子はそんな捜査資料を読みながら信夫に話を聞き、数々の難事件の真相を推理し、それはことごとく当たっていて信夫の手柄になり、信夫がどんどん出世していったのだ。時代が許せば、最初から八重子が刑事になっていただろうが、女が働きに出るのは困難な時代だったし、出身地の秋田県から関東地方のU県に引っ越してきて、刑事である信夫と見合い結婚をするまで、八重子もまさか自分にそんな卓越した推理力があるなんて自覚していなかったので、さすがにそこから諸々の試験を受けて刑事になるというのは厳しかったのだ。

そんなわけで、実際には八重子が推理した数々の難事件を解決した功績で、信夫は最終的にU県警の捜査一課長にまで出世した。それによって給料も年金も増え、一家の生活の向上にもつながったし、信夫は八重子が事件を解決するたび「いつもありがとう」と感謝の言葉を口にするだけの度量はあったので、まあ悪くない結婚生活だったと八重子は思っている。

そんな信夫も、年を取りやがてお迎えが来た。その最期を看取った五年後に、八重子の肉体も生物学的な死を迎えた。死後の世界のことなど、生前はろくに考えたこともなかったが、まさかこんな感じだとは思わなかった。自分がいわゆる幽霊の状態でずっと現世に残ってしまっていることに、八重子自身ただ戸惑いしかなかった。実は未《いま》だに、なぜ自分が幽霊として現世に残ってしまっているのか、八重子にはよく分かっていないのだ。

八重子の五年前に逝った信夫は、八重子が死んだ時点ですでに成仏《じょうぶつ》していた。八重子も幽霊になってしばらくは、どこかで信夫に会えるのではないかと期待していたが、会うことはなかった。というか、信夫に限らず、八重子より先にこの世を去った知人に、幽霊になってから出会うことはなかった。

でも、同じ立場の幽霊を見かけることは、まったくないわけではない。外に出ればちらほら見かけるのだ。とはいえ、死んだ人が全員幽霊になってこの世に残っているのなら、当然信夫にも会えるはずだし、この世界は辺り一面幽霊だらけになっているはずだ。幽霊をちらほらとしか、生きている人間よりはるかに少ない数しか見かけないということは、幽霊としてこの世に残る数の方がずっと少ないのだろう。

八重子も幽霊になった直後は、すれ違った幽霊に「どうもこんにちは」と声をかけ、「私幽霊になっちゃったんです」「私もなんですよ。別にもう成仏してもいいんですけどねえ」などと、お互いの境遇についてしばらく話し込んだりしたものだった。何人かの幽霊と話してみて分かったことは、「結局みんな、なぜ自分が幽霊になってこの世にとどまり続けているかがよく分かっていない」ということだった。「この世に未練があるから成仏できないらしいですよ」とか、伝聞の「らしい」を付けて言う霊が多いのだが、この世に未練がある人がみんな成仏しないで幽霊として残り続けるのなら、殺人やひき逃げなどの事件で望まぬ死を遂げた被害者は全員幽霊になっているはずだから、八重子は被害者の霊に話を聞くだけで簡単に事件を解決できるはずなのだ。でも、そういう事件の現場に、拓真に同行して入ったことは何度もあるが、被害者の霊に会ったことはまだ一度もない。

あるいは、被害者の霊と八重子のような霊は、お互いに見えていないだけで、違う次元にいるとか、そういうことなのだろうか――なんて考えてみたところで答えは分からない。

とにかく確かなことは、八重子は幽霊になって現世にとどまっているということと、幽霊の当事者でありながら、いつ成仏するかも分からないということだ。で、とりあえず幽霊になっている間、他にすることもないので、孫の拓真の守護霊を務めているのだ。もちろん守護霊という肩書きもただの自称であって、神様とか閻魔《えんま》様といったお偉方から任命されたわけでもない。そもそも神様や閻魔様なんて会ったこともないし、実在するのかどうかも分からない。

成り行きで守護霊になったとはいえ、結果的に幽霊としての生きがいを見つけてしまった感もあった。まあ、死んでいるのに生きがいという表現はおかしいけど、警察官になった孫の拓真とともに行動することが現世での楽しみになってしまって、拓真に手柄を挙げさせてやった結果、彼は刑事課に抜擢されたのだ。ちょっと張り切りすぎたかもしれないが、もう後戻りはできない。こうなったら、これからも手伝ってやるしかないだろう。なぜなら拓真は、自分一人の力ではろくな仕事ができない刑事なのだから。

そんなことを思っていた矢先だった。彼女を見つけたのは——。

杉岡美久《すぎおかみく》、二十歳。エミリーマート独鯉警察署前店で、一週間前から働き始めたアルバイト店員だ。

美久は一見、ごく普通のコンビニ店員にすぎないだろう。

ただ、彼女には誰にも相談できない悩みがある。

厳密には、人に相談したことはある。でも、みんなから鼻で笑われたり、嘘だと思われたり、悩みを相談してもむしろ傷つくことばかりだったので、今では誰にも話さないと決めている。

実は美久は、高校卒業後に一度、事務職として就職しているのだが、すぐ辞めている。それもこの悩みが原因だったのだが、誰にも話していない。親には「職場が合わなかった」と説明した。その親にも、高校時代に悩みについて真剣に相談したことがあったのだが、やっぱり嘘だと思われてしまったようで、取り合ってもらえなかった。それもあって、親とは少し関係が悪くなってしまって、今は美久は実家を出て一人暮らしをしている。

ともあれ、このアルバイトは当面続けられそうだ。独鯉署のすぐ向かい側にあり、警察官たちが多く訪れる店なので、客層も安定している。コンビニ強盗は絶対に来ないから安心してね、と店長にも言われたぐらいだ。だから、たぶん他のコンビニと比べても気苦労は少ないだろう。

……と、思っていた矢先だった。

来店してきた男性客とともに、見えてしまったのだ。

美久の悩みの種――幽霊が。

誰に相談しても信じてもらえない。でも美久は、幽霊が見えてしまうのだ。それも、「霊がいるのを感じる」とか「霊の声が聞こえる」などという、本物か偽物か分からないような霊能者がテレビで言っているようなレベルではない。幽霊の姿がはっきり見えて、なんだったら会話も普通にできてしまうのだ。

美久以外に、ここまでの能力を持つ人がどれぐらいいるのかは分からない。少なくとも、美久の周りの友人や親族には一人もいない。でも美久は、幽霊の姿が「はっきり半透明」に見えてしまう。まさに「はっきり半透明」なのだ。半透明じゃなかったら、生きている人間と区別がつかないだろうけど、美久の目には、幽霊は半透明に、でもはっきり見えてしまうのだ。だからこそ、生きている人間と比べて、一目で幽霊だと分かるのだ。

美久が前の職場を辞めたのも、オフィスに居座っていた幽霊が原因だった。いわゆる地縛霊というやつだろう。一日中「呪ってやる」とか「殺してやる」なんてつぶやいている男の幽霊がいることに入社初日に気付き、こちらに霊感があることを幽霊に悟られないようにと心がけたものの、三日目にばっちり目が合ってしまい、それ以降「お前、俺が見えてるのか。見えてるんだな？　呪い殺してやる！」などという怒声を毎日浴びせられるようになって、ここでずっと仕事をするなんて無理だと思って、すぐ退職してしまったのだった。

で、とりあえず当面の生活費を稼ぐために、いいバイト先を見つけたと思ったのに、まさかここでも幽霊を見つけちゃうなんて——。美久は絶望的な気持ちになった。

その幽霊は女だった。入店してきた若い男性客の背後に、ぴたりと付いてきていた。とにかく、美久に霊感があるということを、あの幽霊に悟られてはいけない。ひとたび悟られれば、前の職場の地縛霊のように、延々と絡まれてしまうかもしれない。それだけは避けなければ――。美久は心に誓った。

だが、次の瞬間、その女の霊が、ぱっと美久の方に目をやった。慌てて目をそらしたのだが、すぐに声をかけられてしまった。

『あれ、見えてる?』

まずい、気付かれた! 美久は内心動揺しながらも無視を決め込み、何事もなかったように振る舞おうとした。

でも、女の霊は、レジカウンターをすり抜けて美久の前に立ちはだかり、声をかけてきた。

『見えてる? 見えてるわよねえ?』

無視だ、無視しかない――。美久は何食わぬ顔で後ろを向いて、煙草の品出しを始めるようなふりをした。

『なんだ、気のせいか……』

後ろで女の霊の声がした。ああよかった、見えてないふりを貫いて、どうにかごまかせた……。美久がほっと一息をついた、次の瞬間だった。

『わあああっ！』

後ろから突然、女の大きな叫び声が響いた。美久は思わず「ひっ」と息を呑み、つい振り向いてしまった。

するとそこには、さっきの女の霊が、にやりと笑いながら立っていた。

『ほら、やっぱり私のこと気付いてるじゃん。霊感がない普通の人だったら、今の私の叫び声も聞こえるわけないんだから』

『ああ、はい……見えてます』

くそ、謀《はか》られた――。さすがに認めざるをえなかった。ちなみに美久は、言葉を発しなくても、幽霊とテレパシー的な感じで会話できる。テレパシーといっても、幽霊に心の中を全部読まれてしまうわけではなく、「今思っていることをこの霊に伝えるぞ」という意思を持って心に浮かべた言葉だけが、相手の霊に伝わるような感じだ。だから、周囲の人に幽霊との会話を聞かれることはない。

『すごい、霊感あるのねえ。これは貴重な人材だわ』

女の霊は、美久を見てうれしそうにうなずいてから、向こうの商品棚で弁当を選んでいる若い男を指差して言った。

『ほら、あの子、そこの独鯉署の新米刑事なんだけどね。私、あの子のおばあちゃんなのよ。五年前に死んでからずっと、孫の守護霊をやってるの』

『え、おばあちゃん？　それにしてはずいぶん若く見えますけど……』

『ああ、そうでしょ？　孫がいるとは思えないぐらい若くて美人でしょ。秋田美人だからね』

『ああ、はあ……』

その女の霊は、見た目は三十代ぐらいだった。あんな大きな孫がいるとは思えないぐらいの年格好であることはたしかだった。ただ正直、美人というほどではない。秋田県出身だとしても、秋田一般人だ。

『私、八十五まで生きたんだけどさ、たぶん私の見た目って、三十代ぐらいになってるのよね。他の幽霊と会ってちょっと話してみた感じだと、たぶんみんな幽霊になると、生前の一番調子がよかった時期の姿になるみたいなんだわ』

『あ、そういうもんなんですか……』

女の霊の話は、美久にとっても初耳だった。たしかにそう言われると納得がいく。女の霊は見た目こそ若いけど、今時の三十代女性はまず着ないような、まるでサザエさんが着ているような、いかにも昔のファッションという感じの洋服を着ている。それに、言葉遣いもかなり古風だ。今時語尾に「～だわ」とか「～なのよ」と付ける女性なんて、フィクションの世界にはよく出てくるけど、現実世界では「かなり年配で比較的お上品なお婆さん」ぐらいしかいない。『徹子の部屋』のゲストの、黒柳徹子と同世代の超ベテラン女優が、徹子さんとタメ口で話す時なんかにたまに聞けるぐらいだ。

とにかく、たぶんこの幽霊は、本当に男性刑事の祖母なのだろう。とりあえず悪霊ではなさそうなので、美久は少し安心した。

と、そんな幽霊の孫だという刑事が、弁当とお茶を持ってレジにやってきた。

「いらっしゃいませ～」

美久が声をかけ、弁当のバーコードをスキャンしてから尋ねる。

「こちら、温めますか？」

「はい、お願いします」刑事が答えた。

『ねえ、この先、色々とお願いすることになってもいいかな？』

「はい？」

聞き返してから、美久ははっと気付いた。

刑事に続いて話しかけてきたのは幽霊だった。その幽霊に対して、美久は今、思わず声を出して聞き返してしまったのだ。

「あ……あの、お願いします」

刑事が、面食らった様子で答えた。

彼にしてみれば、弁当を温めるか聞いてきた店員に対して、「はい、お願いします」

とはっきり答えたにもかかわらず、まああ強めのトーンで「はい？」と聞き返されてしまったのだ。面食らって当然だろう。

「あっ……し、失礼しました」

美久は慌てて謝ってから、弁当を電子レンジに入れ、次いでペットボトルのお茶のバーコードをスキャンした。冷たいお茶だったので、マニュアル通りに聞く。

「こちら、お弁当と袋お分けしますか？」

「いえ、結構で……」

『この先さあ、もしかしたらこの子の担当した事件で……』

「ちょっと、同時に喋《しゃべ》らないでください」

と言ってしまってから、またやってしまったことに美久は気付いた。

「えっ？」

刑事は怪訝《けげん》な顔で、後ろを振り向いた。そして、他に誰も客がいないことを確認すると、明らかに不審者に対する視線を美久に送ってきた。

「あ、すいません、何でもないです……」美久はまた慌てて謝った。

「はあ……」

刑事は完全に引いている。その後ろで幽霊が『ごめんごめん』と苦笑している。

美久は今まで数々の幽霊を見てきたが、こんなに気さくに話しかけてくる幽霊は初めてだったし、人間と幽霊が同時に話しかけてきたのも初めてだった。だから対応を間違えてしまったのだ。

「えっと……五百二十円です。はい、千円お預かりします……四百八十円のお返しです」

頬《ほお》が熱くなっているのを感じながら会計をこなし、弁当を入れた電子レンジがチンと鳴り、袋詰めして箸を入れて「ありがとうございました」と手渡した。刑事は黙礼しながらも、何だったんだこいつ、というような視線をちらりと美久に送って、店を出て行った。

『ごめんごめん、ちょっとタイミングが悪かったね』

幽霊が笑いながら謝ってきた。

『もう、生きてる人と同時に話しかけてこないでください』美久が、今度はちゃんと心の声で返す。『ていうか、さっきの人に付いて行かなくていいんですか？　守護霊なんですよね？』

『ああ、大丈夫。別に後で戻ればいいし、守護霊っていっても、離れると消えちゃうなんてことはないから』

『あ、そうなんですか。まあ、その辺のシステムはよく知らないですけど……』

『それでね、さっき言おうとしてたことなんだけど、もしかしたらこの先、あなたにお願いしに来るかもしれない』

『お願い？』

『実はね……ああ、まず、自己紹介しないとね』

幽霊は自らの半透明の体を指して言った。

『私、大磯八重子と申します。さっきのが孫の拓真。――で、その拓真なんだけど、包み隠さず言っちゃうとね、刑事課に配属されたのはいいんだけど、全然仕事ができないの』

『ええっ？』

『ていうのも、私がずっと手助けしてきちゃったばっかりに……』

それから、大磯八重子と名乗った幽霊は、詳しく説明した。

八重子は、自らが亡くなってからも、孫可愛さに拓真の守護霊をしてきたこと。拓真にとって亡き祖父であり、八重子の夫だった大磯信夫は、かつて県警捜査一課長を務めた人物で、拓真はその影響もあって警察官を目指したこと。

でも、実は信夫は、自分で難事件を解決していたわけではなくて、事件の推理はすべて八重子に頼り切りだったこと。

そして拓真が警察官になってからは、八重子はかつて信夫に対してした以上に、幾度となく拓真の手助けをしてきたこと――。

『でね、拓真が交番のおまわりさんだった時は、そこまで大きな事件がしょっちゅう起きることはなかったけど、刑事課の強行犯係に来ちゃったら、今までよりずっと多くの事件を担当しなきゃいけないことは間違いないの。独鯉署って、管轄地域の人口も割と多くて、面積も結構広いみたいだからさ。南の独鯉海岸の方まで管轄だもんね。――だから、これからどうしようかなって心配してたんだけど、そんな矢先にあなたに出会えたの。まさに天の助けだわ』

八重子はうれしそうに笑った。

『そういうわけで、これからまたあの子にヒントを出す時に、ちょっと協力してもらうかもしれない。その時はよろしくね。――あ、お客さん来ちゃったわね。それじゃ、その時になったらお願いしに来るわ。じゃあね、バイバ～イ』

『えっ、ちょっと……』

まだ美久が承諾してもいないのに、八重子は商品棚や自動ドアをすり抜け、ひゅーっと飛び去ってしまった。入れ違いに来店した客が、スポーツ新聞を手にレジに向かってくる。

「あ、いらっしゃいませ……」

接客をしながら、美久は考えた。――ああ、新しい職場でもまた幽霊に見つかってしまった。現時点では、前の会社の悪霊よりはよっぽどましだけど、これから先の頼まれ事の内容によっては、もしかしたら悪霊よりもたちが悪いかもしれない。
やれやれ、霊感があるって本当に大変だな……。

守護霊刑事と愛憎のもつれ

1

「被害者は稲森亜沙香《いなもりあさか》、二十一歳。U芸術大学の映像学科の三年生だ。死因は後頭部を強く打ったことだと思われる。遺体の所見から、昨日から日付が変わって今日にかけての、夜中に死亡したようだ」

事件現場となった古びたアパート「片向荘《かたむきそう》」の前に集まった拓真らに、鑑識とともに一足早く現場入りした飯倉《いいくら》係長が報告した。髪の毛がほぼないベテラン刑事の飯倉は、七十代のお爺さんにも見えるが、まだ五十代半ばだ。

拓真に加え、四十代独身の男性刑事の江川《えがわ》に、すでに二子が成人し独立しているベテラン女性刑事の内藤《ないとう》、そして拓真よりやや年上の先輩刑事の目黒《めぐろ》。独鯉署の刑事課強行犯係の面々は、深夜に呼び出しを食らい、みな眠たげな顔をしている。

規制線の黄色いテープをくぐり、一同がアパートの敷地に入っていく。

「そういえば大磯にとっては、これが初めての殺しになるかもしれないな」

目黒が声をかけてきた。拓真は「ああ、はい」と、少し緊張気味に返事をする。

「気負うことないからな」

「はい」

「おいおい、上から物言っていいのか？　あの伝説の名刑事、大磯捜査一課長の孫なんだぞ」

江川が茶化した。そこで目黒も思い出したように言った。

「ああ、そういえば聞いたぞ。刑事界のサラブレッドで、しかも交番時代にいくつも手柄を挙げたって」

「いえいえ、そんな大層なものでは……いてっ！」

「ん、どうした？」

拓真の声に、先輩刑事たちが振り向いた。

拓真は、黄色いテープをくぐろうとしたところで、足を滑らせて転んだのだった。

「おいおい、大丈夫かよ」

「あ～っ、痛たたたた」拓真が地面に転がって悶絶《もんぜつ》している。「両膝の内側同士を、ごつんってぶつけちゃいました……」

「ああ、痛いよね、それ」内藤が同情的に言う。

「いて、いてててて、ああ、みなさんすみません、いてててて……」

本気で痛がり悶絶する拓真を、しばらく一同が眺める時間が続いた。

「……え、こいつが、例の期待の新人刑事ってことで、本当に合ってます？」

目黒が周囲を見回しながら言った。

「ああ、合ってる」飯倉係長が答えた。

「ですよね……」

明らかに「こいつ大丈夫かよ」感が先輩たちの中で漂ってしまったところで、ようやく拓真が「すみません、すみません」とぺこぺこ頭を下げながら起き上がった。

気を取り直して、飯倉係長がメモを見ながら説明する。

「一一〇番通報は、深夜一時過ぎに、ここから一キロ弱離れた公衆電話から、男の声でされていた。『片向荘というアパートの二〇一号室で、稲森さんという住人が、たぶん亡くなってると思う』という内容で、通信指令から名前を尋ねたところ、名乗らずに切られたそうだ」

「それは怪しいですね」江川が目をむいた。

「その公衆電話の周辺を調べる必要があるな。夜中だから目撃者はいないかもしれないが、防犯カメラでもあれば助かる」飯倉係長が言った。

「このアパートには……防犯カメラは付いてないですね」

目黒が片向荘の敷地内を見回して言ったが、飯倉係長が返す。

「ただ、見ての通り、ここは一本道の行き止まりだ。で、あそこ、隣のマンションの門の前にカメラがあるから、あれを確認すれば、ここに出入りした人間も確認できるはずだ」

「あ、本当だ」

たしかに、飯倉係長が指差した、隣接するマンションの門に設置された防犯カメラは、前の道路まで画角に入っているようだった。

片向荘の階段を上り、手袋やヘアキャップ、靴カバーを装着した上で、拓真らは現場の二〇一号室に入った。玄関から入ってすぐの床に、倒れた人をかたどった紐が置かれている。すでに鑑識作業は終わり、遺体は運び出されていた。

「被害者は、ここで後頭部を打って倒れていた。誰かに殴られたのか、誤って転倒したのか、それとも誰かに転倒させられたのかは、解剖の結果を待たないと判断できないだろう」飯倉係長が言った。

「ただ、一一〇番通報した匿名の男が、明らかに怪しいっすよね。そいつが何もしてないとは思えないな」

目黒の言葉に飯倉係長もうなずく。

「その通りだ。そもそも『たぶん亡くなってると思う』という内容の通報があった時点で、事件性がないということはありえない。誤って転んだのだとしても、たぶん死ぬと分かっていながら立ち去ったのなら、保護責任者遺棄致死だからな」

そんな会話をしながら、奥のワンルームに入ると、机やパソコンの周りに付箋《ふせん》が十枚以上も貼り付けてあった。

それを見て、拓真が言った。

「被害者は、めままだったんですかね？」

「……えっ？」江川が聞き返す。

「すいません、めめまだったんですかね？」

「……何て？」

「めまま……メモ魔、です。ああ、やっとちゃんと言えた」

「あ、メモ魔ね……。噛みすぎだから」

拓真がまた同僚たちに苦笑される。

「でも、私のデスクもこんな感じだわ」内藤が言った。「必要なこととか忘れそうなこと、とりあえず付箋に書いて、見えるところに貼っておくんだよね」

「何だこれ、レポー人……あ、レポートって書いてあるのか。片仮名の『ト』が『人』に見えた」

目黒が、付箋の一枚一枚に目をやりながら言った。

「これは『飲み代2000円キムラ』……キムラっていうのは人の名前か」

「それ、『キムラ』じゃなくて『払う』じゃない？」内藤が言う。

「ああ、本当だ。横書きで『払う』って雑に書くと『キムラ』に見えるんですね」

みな揃って苦戦するぐらい、付箋に書かれた字は汚かった。

「この青の付箋には『DCファン掃除』って書いてあって……あ、DCじゃなくて

ＰＣか。このパソコンの冷却ファンのことかな？　で、こっちのピンクの付箋には『植木などのＤＶＤ、こわい時の飲み物と薬』とか書いてあって、こっちの黄色い付箋には『シャーこころ』って書いてありますね」

　拓真も、付箋の走り書きを読み上げていく。それを見て目黒が指摘した。

「『シャーこころ』って、『シャー芯』の芯のことじゃないか。ほら、シャーペンの芯」

「ああ、くさかんむりが抜けてるんですかね」

「まあ、他人が走り書きしたメモなんて、読んだところで意味分からないよな」

「あ、このピンクの付箋の文字は読めますね。他よりは少し丁寧に書かれてます」

　拓真が指差した付箋には、住所が書いてあった。独鯉市百鯉《ひゃっこい》２‐４‐１とある。

　ここから車で十分ほどの住所だ。

「何の住所だろう。調べてみようか」

「ストリートビューで見てみます」

　目黒がポケットからスマホを出した。その様子を見て、ベテラン刑事の飯倉係長と内藤がしみじみとつぶやく。

「便利になったな。現場ですぐこんなことができちゃうんだもんな」

「昔は行ってみるまで分からなかったですもんね」

すぐに目黒が、スマホの画面を見ながら言った。

「何かの店とか会社とかじゃないみたいですね。住宅街の中の、普通の一軒家です。表札もボカシが入ってないから読めます。宮出《みやで》、かな」

目黒のスマホのストリートビューには、住宅街の中の瀟洒《しょうしゃ》な一軒家が写っていた。レンガ風の門柱に、たしかに「宮出」という表札がはめ込まれている。

「一応この住所も、当たってみた方がいいかもしれませんね」

「あとは、周辺の聞き込みだな」

飯倉係長がうなずいた。こうして捜査の方針が決められた。


——と、そんな様子を見ながら、八重子は考えていた。

刑事課に配属されて早々に発生した、女子大生の死亡事件。緊張のせいか拓真がいつも以上にそそっかしさを存分に発揮している。規制線の黄色いテープをくぐろうとしてずっこけるし、「メモ魔」と言おうとして何度も噛んじゃったし。

それに、実は拓真はもう一つ、ちょっとしたミスを犯していた。まあ、それが事件の真相に関係ないのならいいんだけど、もしかすると関係してくるんじゃないかという恐れもある。

とにかく、いきなり三つもドジを踏むようじゃ前途多難だわ。——八重子はため息をついた。

2

その後、夜中に呼び出され続々と集まってきた刑事たちが、防犯カメラの映像の確認や、通報があった公衆電話付近の捜査などに散っていった。目黒と江川は、稲森亜沙香の机の付箋に記された住所を訪ねてみることになり、拓真は内藤とともに、アパートの他の部屋の住人の聞き込みを担当した。

まずは、現場となった二〇一号室の隣の、二〇二号室。ドアチャイムの付いていない木のドアをノックすると、すぐに住人が顔を出した。小太りで髭《ひげ》が濃い、若い男だ。

「こんな時間にすみません。警察の者です」

拓真が頭を下げながら、警察手帳を見せた。深夜の事件発生から、入念な鑑識作業と刑事の現場入りを経て、すでに日が昇り始めていた。

「ああ、やっぱり警察の人だったんですね……。パトカーの音がした後、ずっと足音とか声が聞こえて、全然寝られなかったんで」住人の男がぼそっと言った。

「どうも失礼しました」

拓真と内藤が揃って頭を下げる。まあ、皮肉の一つも言いたくなるだろう。壁やドアを隔てて、多くの捜査員が隣室に出入りする音がひっきりなしに聞こえていたはずだ。

「実は、お隣の二〇一号室の方が亡くなる事件が発生しまして」

拓真が言うと、彼は「ええっ？」と、充血した目を大きく見開いた。

「お隣さん、死んじゃったんですか？」

「はい」

「わあ、それはお気の毒に……。てっきり、泥棒に入られたとか、その程度のことだろうと思ってたんで」

彼はショックを受けた様子だった。もちろん刑事としては、彼が犯人である可能性も排除してはいけないが、芝居だとしたら相当上手だと思えた。

その後、彼に詳しく話を聞いた。彼は中岡雅也《なかおかまさや》、二十歳。U芸術大学のデザイン学科の二年生だった。

「ああ、U芸術大学ですか。被害者の稲森さんと同じ大学なんですね」

内藤が言うと、中岡雅也は意外そうな表情を見せた。

「あ、そうだったんですか……。すいません、それは知りませんでした。あんまり話したこともなかったんで」

「お隣ですけど、あまり面識はなかったんですか？」

「そうですね。引っ越してきた時に挨拶したのと、あとはゴミ投げる時とか、そういう時にちょっと挨拶したぐらいです」

中岡雅也が、外のゴミ置き場の方を指差しながら言った。

「では、いくつかお聞きしたいんですが、まず昨日の夜から今まで、中岡さんは何をしてましたか？」

内藤が質問する。拓真も隣でメモをとる。中岡雅也は考えながら答えた。

「う～ん……大学の授業が終わって五時頃に家に帰って、そのあと課題のレポートやって、晩ご飯食べて、ユーチューブ見て……そんな感じでしたかね」

「寝たのは何時ぐらいでしたか？」

「昨日はちょっと早かったかな。十一時半ぐらいだと思います」

「隣の部屋から、何か不審な物音などは聞こえませんでしたか？」

「いえ、特に……。古いアパートですけど、隣の音が筒抜けってほどじゃないですから」

「なるほど……」

その後も、稲森亜沙香の交友関係などについて内藤が質問したが、挨拶を交わしたことがあるという程度の間柄では、有力な情報は出てこなかった。拓真と内藤は

「どうもご協力ありがとうございました」と礼を言って、中岡雅也への聞き込みを終えた。

続いて、二階の一番奥の、二〇三号室を訪ねた。

ドアをノックすると、ドタドタと足音がした後、勢いよくドアが開いた。出てきたのは若い女性だった。ノーメイクのようで、眉毛こそ薄いが、整った顔立ちだ。

「朝早くからすみません。警察の者です」拓真が警察手帳を見せる。

「あ、どうも……何かあったんですか？」

彼女は関西風のイントネーションで言うと、思わず出てしまった様子のあくびを手で押さえてから付け足した。

「すいません、夜中やのに外で何か起きてるいうのは気付いたんですけど、昨日、昼と夜ぶっ通しで仕事やったんで、すぐまた二度寝してました」

「ああ、それはご苦労様です」

「で、今日もまた朝から仕事なんで、何かあるんやったら、ちゃちゃっとお願いしたいんですけど」

少々迷惑そうな表情で言われたので、拓真は単刀直入に言った。

「実は、二〇一号室で、住人の方が亡くなる事件が起きまして……」

「えっ⁉」

やはり驚いた様子で、彼女は目を見開いた。

「二〇一って、あの女の子ですよね？　うわ、かわいそう」

「面識はあったんですか？」

「まあ、別に親しかったわけやないですけど、会うたら挨拶はしました……」

そう語った彼女に、聞き込みをしていった。彼女は小柳柚香《こやなぎゆずか》、二十二歳。徒歩五分ほどの場所にあるコンビニで働いているとのことだった。

「ところで小柳さんは、出身は関西なんですね」

内藤が言うと、小柳柚香は来歴を語った。

「はい。高校までずっと、奈良に住んでたんです。うちは両親もじいちゃんばあちゃんもみんな、先祖代々奈良なんですけど、私は付き合ってた彼氏がこっちに転勤することとなって、ついて来たんです。でも、彼氏に思いっきり浮気されて、最近別れて、そのことはまだ親にも言うてないんで、今はここに住んで惰性でフリーターやってます」

「あら～、それは災難でしたねえ」

「ほんまですよ」

小柳柚香が苦笑した。拓真だけだったらなかなかリアクションしづらい内容だったが、ベテラン女性刑事の内藤のおかげで、結果的に少し雰囲気が和《なご》んだ。

「ところで、ゆうべの遅い時間に、二〇一号室の方から、不審な物音とか悲鳴とかは聞こえませんでしたか?」

内藤が尋ねると、小柳柚香はすぐに答えた。

「ああ、聞いてないですねえ……。ていうか、さっきも言うたんですけど、昨日は通しでバイトやったんで、店で廃棄の弁当食べて十時半頃に帰ってきて、シャワー浴びて歯磨いたらくたくたですぐ寝てもうて、たぶん十一時過ぎから何の記憶もないです。あと、二〇一って隣の隣の部屋なんで、物音とか声とか、普段からそない聞こえへんし」

「そうですか……」

二〇二号室の中岡雅也は十一時半頃に寝たと言っていた。小柳柚香も含めて証言が正しいとすれば、昨夜十一時半頃までには大きな物音などはなかったようだ。

と、そこで、小柳柚香がふと言った。

「でも、あの子のお父さんも悲しんではるでしょうね」

「お父さん?」

拓真が聞き返すと、小柳柚香は説明した。

「二〇一に、たまに来てましたよ、お父さん。……あれ、お父さんちゃうんかな?でもまあ、彼氏いう年でもなかったし、お父さんやったと思います」

「つまり、二〇一号室に、年配の男性が出入りしていたということですね」

内藤が確認すると、小柳柚香は「はい」とうなずいた。

「どんな方でした？」拓真が尋ねる。

「う～ん、一、二回すれ違っただけやから、顔もそんな覚えてないですけど、割とシュッとした感じの、ダンディなおっちゃんやったと思います」

「そうですか」

拓真も内藤も、その旨をメモした。すると小柳柚香は、部屋の中の置き時計をちらっと振り返り、申し訳なさそうな表情で言った。

「あの、そろそろいいですか。ほんまにもう、支度せんと遅刻するんで」

「ああ、どうも失礼しました」

「ありがとうございました」

拓真と内藤が礼を言うと、小柳柚香は「昼夜通しの次の日に朝からって、ほんまにブラックバイトですよ、ははは」と言いながら玄関のドアを閉めた。笑っていいのかどうか迷いながら、拓真と内藤は会釈をして、続いて下の一〇一号室へと移動した。

ドアをノックして出てきた住人に、拓真が警察であることを告げると、彼は開口一番言った。

「まったく、やっと説明に来たのか。遅いだろ」

痩せた白髪交じりの中年男。明らかに不機嫌だった。

「夜中にずっと階段をドタドタ上り下りして、全然眠れやしなかったよ。よっぽど文句言いに行ってやろうかと思ったけど、まあ夜中だったしな」

そう言いながら、男の口元には、よだれが乾いたような跡が残っていた。実際はたっぷり眠っていたんじゃないかと拓真は思ったが、もちろん指摘したりはしない。まあ、この一〇一号室は階段の真下なので、うるさかったのは間違いないだろう。

「どうも、申し訳ありませんでした」とりあえず拓真は謝った。

「冗談じゃないよまったく。何があったの？」

「実は、上の二〇一号室で、住人の女性が亡くなる事件が起きまして」

「ええっ!?」

不機嫌丸出しだった顔も、やはり同じアパートで人が死んだと知らされると、動揺にそっくり入れ替わった。

その後、彼に聞き込みをした。彼の名前は月島茂《つきしましげる》、五十五歳。職業を尋ねると、

「まあ、色々やってるよ」と、やけに小声になって言葉を濁した。拓真はこっそり「無職？」とメモに書き込む。

「昨日は何時ぐらいに寝ましたか？」内藤が尋ねる。

「いつも通り、十一時ぐらいかな」

「ゆうべ、何か不審な物音は聞こえませんでしたか？」

「う～ん……夜中に階段を上ったり下りたりする音は聞いた気がするけど、普段からあることだからな。それに、あんたらの足音と混同してるかもしれないし」

「人の声なんかは聞こえませんでしたか？」

「う～ん……特に記憶にないな」

「ちなみに、二〇一号室の女性とは、面識はありましたか？」

「ああ……上は、女の子二人住んでるよね？　どっちがどっちか分かんないけど。まあ、それぐらいの認識だよ」

月島茂は、終始そっけなく答えた。その後も有力な証言は出ず、「どうもご協力ありがとうございました」と内藤と拓真が頭を下げると、さっさと玄関ドアを閉めてしまった。

続いて、隣の一〇二号室のドアをノックする。

現れたのは、小太りで頭が禿《は》げた初老の男だった。拓真が警察だと名乗ると、男は目を丸くした。

「えっ、何かあったんですか？」

どうやら、捜査の物音にまったく気付かず、ぐっすり寝ていたらしい。もっとも、芝居である可能性も考慮しなければならないが。

「実は、上の二〇一号室で、住人の女性が亡くなる事件が起きまして……」

「ありゃっ、本当？」

そう驚いた男に、詳しく話を聞いていった。

彼は鴨田幸夫《かもたゆきお》、五十三歳。配送業者でアルバイトをしているとのことだった。他の住人と同様、昨夜のことを聞いていったが、彼は申し訳なさそうな表情で答えた。

「ああ、ごめんね。ゆうべは酒飲んで、そのままぐっすりだったから、全然分からないわ。今日は休みだからね。いつも休みの前の夜はたっぷり飲んじゃうから」

「ああ、そうなんですか。何時頃お休みになりましたか？」拓真が尋ねる。

「あ～、覚えてねえな。十時か、十一時か……あ、でも、もっと早かったかもな。スポーツニュース見た記憶がぼんやりあるんだけど、まあその時にはもうべろべろだったたし、気付いたら寝てたな」

要するに、有力な証言は得られなそうだった。

「あちゃ～、こんな事件が起こるって分かってれば、注意して起きてたんだけどね。まあ分かるんだったら警察いらないか、ハハハ」

鴨田幸夫は笑った後、すぐに真面目な顔を作った。

「あ、ごめん、笑いごとじゃないか。不謹慎だったね」

「あ、いえいえ……」

拓真は首を横に振ったが、たしかに不謹慎だった。

「まあ、酒飲んですぐ寝ちゃうのなんてしょっちゅうだし、俺こんなちゃらんぽらんだからさ、かみさんにも逃げられて、この年でアルバイトでこんなアパート暮らしで……なんて言うと、お隣さんも貶《おとし》めるみたいだけどね。ほら、似たようなもんだから」

鴨田幸夫はそこから、ひそひそ声の早口で言った。

「隣、口うるさい奴だったでしょ。俺も苦手なのよ。たまにテレビの音がうるさいとか文句言ってくるの。お互い様だってのにさ。俺が殺されたら、隣のあいつに殺されたと思ってよ。……なんて、本当に事件が起きた時に言うことじゃないか、ごめんごめん」

神経質そうで気難しい一〇一号室の月島に、おおらかで大雑把な一〇二号室の鴨田。同年代ながら、ずいぶん対照的な二人が並んだものだった。

「どうも、ご協力ありがとうございました」

礼を言って、拓真と内藤は部屋を後にした。

一階の奥の一〇三号室は、空き部屋だった。アパートの他の住人への聞き込みは、これにて終了した。

3

その後、独鯉署に捜査本部が設けられた。最初の捜査会議にて、現場となった片向荘の隣のマンションの、防犯カメラの映像が再生された。マンションの門に設置されたカメラは、予想以上に画角が広く、片向荘の出入口までアングルにとらえていた。

「ゆうべ、稲森亜沙香さんと並んで会話しながら、片向荘へと入っていく男の姿が確認できました」

防犯カメラを担当した捜査一課の刑事が、会議室の大画面で映像を再生する。そこには、ポニーテールの髪にスレンダーなスタイルの稲森亜沙香と、仲むつまじく会話しながら歩く男の姿が映っていた。

街灯の下を通った一瞬、その男の顔まではっきり確認できた。五十代から六十代ぐらいの壮年で、長身で引き締まった体で、精悍《せいかん》な顔立ちだ。

と、その時、刑事たちの中から声が上がった。

「あっ、その男……」

「ついさっき、僕らが会ってきた奴です！」

声を上げたのは、稲森亜沙香の机上の付箋に記された住所を当たっていた、江川と目黒だった。

「そいつ、稲森さんの大学のゼミの教授の、宮出憲一《けんいち》という男なんですが、どうも態度が怪しかったって、このあと報告しようと思ってたんです」江川が言った。

「稲森さんが死んだことを伝えると、驚いたようなリアクションをしたんですけど、なんだかやけに芝居がかってて」目黒も言った。

それを聞いた捜査一課の刑事が、興奮気味に語る。

「この男は、夜十時頃に稲森さんとともに片向荘に入り、〇時過ぎにいったん片向荘から出て帰路についたようですが、約三十分後の〇時半頃に、また小走りで戻ってきて片向荘に入ってます。そして、そのわずか五分後にまた片向荘から出てきて、挙動不審に辺りを見回しながら走り去ってます」

捜査一課の刑事が説明しながら映像を早送りして、また再生する。カメラに映った宮出憲一なる男は、まさに説明の通り、片向荘に夜中に二度も出入りし、最後は明らかに慌てた様子で走り去っていた。

「うむ、この映像を見た感じだと、もうこいつで決まりかもな」

刑事課長の駒田《こまだ》が、でっぷり太った二重顎に手をやりながらつぶやいた。そこでさらに、内藤が声を上げた。

「そういえば、片向荘の住人からも、稲森さんの部屋に年上の男が出入りしていたという証言がありました。証言したのは二〇三号室に住む女性で、彼女はその男のことを、稲森さんの父親だと思ってたようですが……」

「ダンディなおっちゃんだった、とも言ってましたよね」

拓真も付け足した。二〇三号室の小柳柚香の証言通り、防犯カメラに映る男は、ダンディと評されるにふさわしい、渋めでモテそうな壮年だ。

と、捜査一課長の佐門《さもん》が、一時停止した映像を指し示しながら言った。

「つまり、この宮出という男は、ゆうべ稲森さんの部屋に入って、この通り非常に疑わしい行動をした。そして今朝になって、君たち刑事が家まで来たわけだな」

佐門一課長が、老眼鏡の奥の鋭い目を、今度は目黒と江川に向ける。

「宮出としては、もう警察にマークされていると察したわけだから……」

「あ、そうか！」

「やばい！」

目黒と江川がほぼ同時に声を上げた。駒田課長が号令をかける。

「もう逃走を図っているかもしれない。すぐに追うぞ！」

刑事たちは一斉に会議室を飛び出した。

それから、約二十分後——。

宮出憲一の自宅近くの道路で、捕り物劇が繰り広げられた。

「待てっ！」

警察が到着した時、宮出憲一はまさに、大きなスーツケースを自宅ガレージの車に積み込もうとしていた。だが、警察が再びやってきたのを見て、慌てて自宅の裏に回り、塀を乗り越えて走り出したのだった。もちろんそんな浅はかな逃げ方で、刑事たちの追跡から逃げ切れるはずもない。数十メートル走ったところで、すぐに取り囲まれてしまった。

「ち、違うんだ、俺は何もしてないんだ！」

必死に訴える宮出憲一に、江川が呆れて声をかけた。

「こんな逃げ方しといて、信じられるわけないでしょ。とりあえず、署までご同行願いますよ」

4

その後、独鯉署の取調室にて。

「俺はやってないんだ。本当だ！」

宮出憲一は、取り調べを担当した江川に対し、泣き顔で訴えた。

「亜沙香といったん別れた後、タクシーで家まで帰ってる途中に『すぐ来て大至急』っていうＬＩＮＥが来たから、何かあったのかと思って、タクシーに引き返してもらって亜沙香の部屋に戻ったんだ。そしたら、彼女が倒れてたんだよ」

そのＬＩＮＥが稲森亜沙香のスマホから宮出憲一に送られていることは、警察もすでに確認していた。

「呼びかけても反応がないし全然動かないし、これは大変だと思って通報しようとしたんだよ。でも、俺の携帯から本名で通報して、大ごとになったら不倫がばれるんじゃないかって怖くなって、いったん部屋を出て、公衆電話を探して匿名で通報したんだ。なかなか公衆電話が見つからなくて、結果的に通報が遅くなっちゃったし、不倫をしてたことも含めて、褒められた行為じゃないことは分かってる。でも俺は本当に殺してないんだよ」

「そんな話、逆の立場だったら信じられます?」江川が冷めた目で言った。

「いや、本当に本当なんだって!」宮出憲一が声を裏返す。

「じゃあ、稲森さんはどうして亡くなったんでしょう?」

「知らないよ。案外、ただ転んで頭打ったとか……ほら、酔っ払ってたしさ」

「あ、酔っ払ってたんですか、稲森さん」

江川に尋ねられ、宮出憲一は決意したようにうなずいて語った。

「ああ酔ってたよ。ゆうべは二人でバーで飲んだ後、亜沙香の部屋に行ったんだ。まあ、それ自体はよくあることだったんだけど、部屋に行ってしばらくして、また亜沙香の、嫁と別れろ攻撃が始まっちゃってね。ここ最近、亜沙香は俺に、嫁と別れるようにしつこく迫ってきてたんだよ。——で、適当に取り繕おうとしたんだけど、亜沙香が余計に怒っちゃったから、最後は振り切って逃げたんだ。そしたら例の『すぐ来て大至急』っていうＬＩＮＥが来て、まさか手首でも切ったんじゃないかと思って怖くなって、彼女の部屋に戻ったんだけど……想像以上にとんでもない状況になってたんだよ」

もはや恥も外聞も捨てた様子で、宮出憲一は稲森亜沙香との不倫関係と、身勝手な言い分を語った。

そんな取り調べの様子を、隣室でマジックミラー越しに見ながら、拓真ら独鯉署の刑事たちは憤《いきどお》っていた。

「まったく、どうしようもない教授だな」

目黒が吐き捨てるように言った。内藤もうなずく。

「教え子と不倫してたっていうだけでも大問題なのに、あの言い訳はひどいわ」

「本当ですよね。妻がいて、別れる気もなかったのに、教え子に手を出して、彼女のアパートで会ってたなんて」拓真も強くうなずいた。

「夜十時に彼女の部屋に入って、十二時に出てきてたわけだから、二時間ぐらいいたんだよな。まあ、やることやってたんだろ」

「本当にうらや……裏がありますよね」拓真は怒った口調で言った。「教授という立場にありながら、裏がありますよ」

「……」

「……」

目黒と内藤が、しばらく沈黙してから指摘した。

「大磯さあ……今、『うらやましい』って言おうとしたろ?」

「うん、私もそう思った」

「えっ……いや、言おうとしてないですよ、そんなこと!」

拓真は慌てて首を振った。しかし、内藤はにやりと笑って問い詰めてきた。

「嘘だ、絶対『うらやましい』って言おうとしたでしょ。『うらや』まで言って、慌てて取り繕ってたもん」

「違いますって!」

「思ったんだろ? 妻がいながら若い女子大生とも関係を持てるなんて、うらやましいって。それが口をついて出ちゃったんだろ?」目黒もにやけて指摘する。

「そんなわけないじゃないですかっ」

「だいたいさあ、『うらや』まで言っちゃった後の『裏がある』ってごまかし方も、無理があったからね」内藤がさらに追い詰める。「普通、『あいつ絶対裏がありますよ』って言う時って、そいつの隠し持った裏の部分が、まだどんなものなのか分からない時じゃん。でも、宮出の場合は、その裏の部分も含めてだいたい分かっちゃってるわけだから、今さら『あいつは裏がある』なんて言うのは、話の流れとしてもおかしいもん」

「いや、本当に違いますって……」拓真はそう言った後、ふと首元を押さえた。「あ、やばい、なんか寒気がしてきたな」

「おい、なんだそのごまかし方は？」目黒が苦笑する。

「違うんです、本当に寒気がしてきたんです。しかも、なんか、息が苦しい……」

「変なごまかし方すんなよ～」

目黒と内藤が失笑した。

だが、拓真が寒気と息苦しさを感じているのは、本当だった。

なぜなら、守護霊の八重子が、拓真の背後から腕を回して首を絞めているからだ。

いわゆるチョークスリーパーというやつだ。

『まったく、この馬鹿！　ばあちゃんとして恥ずかしいわ！』

八重子は腹を立てながら、孫の首を絞め続けた。幽霊は基本的に、現世の物や人に触れてもすり抜けてしまうのだが、長い間触れていると寒気を覚えさせることぐらいはできるのだ。

もっとも、八重子が今、拓真に寒気を覚えさせているのには、もう一つ理由があった。八重子には気がかりなことがあるのだ。

果たして、あの宮出憲一が犯人だという見立てのまま捜査を進めてしまって、本当にいいのだろうか――。その懸念を、拓真にも持ってほしかったのだ。

5

重要参考人の宮出憲一に対する、任意聴取という名の事実上の取り調べは、その後もしばらく行われた。

そんな中、新たな一報が飛び込んできた。

「たった今、宮出の妻から電話がありました。『家に届いた荷物が、夫の件と何か関係があるんじゃないか』というようなことを言ってます」

独鯉署にかかってきた電話を取り次いだ飯倉係長の報告に、駒田刑事課長が反応した。

「おお、宮出の妻が、夫の無実を信じて、何か言ってきたのか」

「いや、それが、そういう感じでもなさそうです。むしろ逆かもしれません」飯倉係長が首を振った。「宮出の妻は、夫が不倫していたことを知ってすっかり愛想を尽かし、家を出て行こうとしてたんだそうです。そこに、夫宛ての荷物が届いた。しかもその送り主が、稲森亜沙香だったというんです」

「なにっ？　そりゃ一大事だ」駒田刑事課長は拓真に目をやった。「よし、すぐに行ってくれ」

「はいっ」拓真は勢いよく立ち上がった。


拓真は、内藤とともに、宮出家に赴《おもむ》いた。すると、待ち構えていた宮出憲一の妻の明子《あきこ》が、皺《しわ》の寄った痩せぎすの頬を怒りで引きつらせながら説明した。

「これがね、さっきうちに届いたんですよ。送り主の稲森亜沙香って、夫の愛人の名前ですよね？　みなさんが来るまで待ってようと思ったんですけど、我慢できなくて先に開けちゃいました。そしたら、こんなのが入ってたんですよ」

宮出明子は般若《はんにゃ》のような形相で、ネット通販業者の段ボール箱を開けてみせた。

「まずね、栄養ドリンクに錠剤。ペペンSにヨッコラBB。いかにも若い女の子が選んだって感じね。これ飲んでお仕事頑張ってね、みたいなことかな。たしかに夫は、こういうのは常備してたからね」

ソバージュの髪を振り乱し、荒々しい手つきで、箱の中身を床に出していく。

「あとこれ、盆栽とガーデニングのＤＶＤ。若い女と一緒にこんな趣味始めるつもりだったのかな。ああ腹立つ！」

宮出明子は、二つ入っていたＤＶＤのうち、『初心者でもできる らくらく盆栽ガイド』を床に叩きつけた後、拓真と内藤を睨《にら》みつけて言った。

「刑事さん、若い女をたぶらかして殺したあの馬鹿を、死刑にしてください！」

「あ、はあ……」

被害者が一人で計画性がない場合は、殺人でもなかなか死刑にはならないんですけど……なんてことは言っても仕方ない。拓真も内藤も、口ごもるしかなかった。

とはいえ、稲森亜沙香から宮出憲一宛てに荷物が届いたというのは、重要な手がかりだった。

「これの発注時刻とか、調べられるよね」内藤が言った。

「すぐ問い合わせてみましょう」拓真がうなずいた。

その後、宮出家に届いた荷物を捜査本部に持って行き、伝票をもとに、配送業者やネット通販業者などに問い合わせた結果、次のようなことが分かった。

まず、荷物の発注は、稲森亜沙香の部屋のパソコンから行われていたこと。

そして、注文時刻が、深夜〇時十四分だったこと。――その時刻は、稲森亜沙香から宮出憲一に「すぐ来て大至急」というLINEが送信される一分前だった。

「つまり、あなたが稲森亜沙香さんにLINEで呼び戻され、深夜〇時半頃に部屋に行ってみると、彼女はすでにネット通販で、送り主の欄に自分の名前を明記し、あなたにプレゼントを送ってしまっていた。『これで私とあなたの関係が奥さんにばれちゃうね』なんてことも言われたのかもしれませんね。あなたはその行動に腹を立て、怒りのあまり稲森さんを突き飛ばし、倒れた稲森さんは後頭部を打って死んでしまった。――そういうことだったんじゃありませんか？」

取調室にて。格好の手がかりを得た江川が、鼻息荒く宮出憲一を問い詰めていた。

「違う！　本当に違うんだ！」

宮出憲一は涙目で叫んだ。ダンディと評された顔も、情けなく歪《ゆが》んでいた。

「たしかに、俺の誕生日が近いから、亜沙香は俺にプレゼントを送ろうとしてた。それに『送り主の欄に私の名前を書いてプレゼントを送ってあげる』なんてことも言ってた。酔ってたせいもあったんだろうけど、そんなことをされたら不倫がばれるから俺が困るってことを、分かってて言ってたんだろうな。だから当然俺は、そんなことするのはやめてくれって言ったんだけど、そしたら最終的に『やっぱり奥さんと別れる気ないんだ』なんて言われて、せっかくのムードが険悪になって……それで俺は帰ったんだよ」

「要するに、我々の見立てはだいたい当たってるってことですね？」

「いや、全然違うよ！　そのあと呼び戻されて殺したっていう部分は全部あんたらの創作だ。それに、今日うちに送られてきたっていうそのプレゼントは、俺は別に欲しいなんて言ってないんだ」

「本当ですか？　以前からあなたは、栄養ドリンクや錠剤を常備してたそうじゃないですか。奥さんはそう証言してますよ」

江川が確認すると、宮出憲一は一瞬まごついたように間を空けてから答えた。

「ああ、まあ……たしかに、それは欲しかったけど」

「やっぱりそうじゃないですか」

「いや、でも、他に入ってたのが、ガーデニングとか盆栽の何かって言ってたよな？それは本当に、全然欲しくないし、まったく心当たりがないんだよ。まあ、俺が全然興味のない物を送りつけるっていう、亜沙香の嫌がらせというか、悪ノリというか、そういうつもりだったのかもしれないけど……」

宮出憲一はそこから、泣きそうな顔で詳しく説明した。

「そもそも、ゆうべのことを順に説明すると、まずバーで飲んでた時から、誕生日が近い俺の欲しい物を、亜沙香が聞き出してきたんだ。別に、この年になってどうしても欲しい物なんてないけど、一応何個か答えたんだよ。栄養ドリンクとか錠剤は、いくらあっても困らないし、あとは……何だったかな。ああ、好きな映画の話はしたかもしれない」

宮出憲一は、眉間に皺を寄せ、時折目を閉じながら語る。

「この前BSで、スコセッシとかキューブリックとかの、アメリカンニューシネマの特集をやってたから、それを懐かしくなって見たとか、あとクレージーキャッツの無責任シリーズとか、日本の昔のコメディの特集もやってて、それを見て面白かったとか、録画しておけばよかったとか、そんな話をしたな。俺は映像学科の教授だから、そういうものを常に見ておくのも仕事のうちなんでね。――ああ、そうだ。その話をした時は、まだ亜沙香が、俺の欲しい物を、気付かないようにさりげなく聞き出そうとしてる感じだったんだ。でも、そのあと俺の住所まで聞いてきたし、さすがに感づいて『もしかして誕生日プレゼントを送ってくれようとしてるのか』って言ったら、『ばれちゃった？』なんて笑って抱きついてきて……あ、いや、ここでのろけるつもりはないけど」

宮出憲一は、緩みかけた表情を慌てて引き締めた。

「ていうか、奥さんと別れる気もないのに、自分のゼミの学生を、そうやってずっと弄《もてあそ》んでたんですね」江川が呆れた顔で言った。

「それは……」

宮出憲一は、しばし言いよどんでから、開き直ったように言い返した。

「ああ、そうだよ。でもそれとこれとは関係ないだろ。やってもいない殺人容疑で捕まったらたまらないよ。俺は最低の男だ。でも亜沙香は殺してない。本当だ！」

「まったく、腐った野郎だ」

「もうちょっと絞れば吐くだろうね」

取り調べの様子をマジックミラー越しに見ながら、目黒と内藤は苦々しい表情で言った。

一方、拓真はその傍らで、寒気を覚えていた。

「大磯君、どうしたの？」

「あ、いや……何でもないです」

何かが違う気がする。現時点ではまだ、名刑事の血を引く者の勘としか言いようがないけど、真相から遠ざかってしまっているような気がするのだ。

これは拓真の、少々特殊な体質だ。事件の手がかりや真相に気付く前兆として、このような寒気を覚えることがよくあるのだ。宮出が犯人なら、もう放っておいても事件は解決するわけで、今さらこんな寒気を覚えることもないはずなのだ。

なのに、今も寒気がする。特に両肩と、左耳の辺りに冷たさを感じている――。


『こらっ、拓真。気付きなさい！　気付きなさいってば！』

八重子は拓真の肩を両手で押さえながら、左の耳元で大声で叫んでいた。しかしもちろん幽霊なので、霊感のない人間に声を聞かせることはできない。

『もう、まどろっこしいわ。拓真も他の刑事たちも、全然違うのにさあ……』

八重子はそうつぶやいて、深くため息をついた。

あの宮出という教授はろくな男じゃないけど、殺人はしていない。

そして、稲森亜沙香を殺害した真犯人まで、八重子にはもう分かっている。

稲森亜沙香の部屋での現場検証。あそこに、実はとても重要なヒントが隠されていたのだ。しかも、それをきちんと受け取れなかったのは、紛れもなく拓真だった。

八重子としては、それが非常に嘆かわしい。最愛の孫が、重要な証拠をキャッチし損ねるのを目の当たりにしてしまったのだ。事件の真相に関係なければいいけど、と八重子はあの時から密《ひそ》かに危惧していたが、思いっきり関係していた。

ただ、拓真以外の刑事たちも同類だ。みんな、宮出憲一という明らかに怪しい人物に気を取られてしまって、真相への道筋を見失っているのだ。このまま突っ走ってしまえば、U県警を揺るがす冤罪《えんざい》事件に発展しかねない。八重子が気付いている事件の真相を、ちゃんと拓真に伝えるまでは、冤罪へのカウントダウンは進み続けてしまう。

さて、どうやって伝えよう。やっぱり、あのカードを切るしかないか——。八重子はうなずいた。

6

『というわけで杉岡さん、お願いしたいんだけどね』

エミリーマート独鯉警察署前店にて、八重子は杉岡美久に頼み込んだ。

『え～っ、本当にやるんですか』

美久は品出しをしながら、心の声で八重子と会話していた。

『だって、私と会話できて、しかも拓真に話しかけられる人っていったら、あなたしかいないんだもの。お願い、この通り！』

八重子が両手を合わせて頼み込む。美久はため息をついた後、渋々言った。

『まあ、協力してもいいですけど、うまくできるか分からないですよ』

『ありがとう、助かる！』

八重子は喜んだ。生きていたらぴょんと飛び跳ねていたところだけど、幽霊なのでふわっと浮き上がって喜んだ。

『実は今ね、そこの独鯉署は大変なことになってるの。無実の男を、冤罪で逮捕しちゃいそうになってるのよ』

『え、大変じゃないですか！　その無実の人かわいそう。早く救ってあげないと』

美久はショックを受けた様子で、眉間に皺を寄せた。八重子は詳細を説明する。

『まあ、その男っていうのも、奥さんと別れる気なんてないのに、教え子の女子大生と不倫してた大学教授なんだけどね。その女の子が殺されちゃって、見るからに怪しい教授が疑われてるんだけど……』

『はあ、何ですかそいつ！』美久は心の大声を上げた。『なんだ、じゃあ別に捕まってもいいじゃないですか。そんな奴、冤罪でもいいから刑務所に入れちゃいましょうよ。どうせ悪い奴なんだし』

美久の態度はあっという間に百八十度変わった。

『まあまあ、そういうわけにはいかないのよ』八重子がなだめる。『そいつが本当にやってないのは事実だし、このまま捜査を進めて冤罪だって分かっちゃったら、大スキャンダルになっちゃうから。そしたら県警も独鯉署も大騒ぎになって、マスコミも大勢来ちゃって、このコンビニにもマスコミとかの客がたくさん……』と、そこまで説明しかけて八重子は気付いた。

『あ、そしたら店が儲かって、むしろプラスになっちゃうか』

だが美久は、あっけらかんと答えた。

『いやいや、儲からなくて全然いいです。忙しくても暇でも時給変わらないんで、だったらあんまり忙しくない方がいいです』

『あ、なるほど、そういうもんなのね……』八重子は苦笑してから続けた。『とにかく、事件の真相を、拓真に気付かせたいの。ただ、実は私は幽霊が見えるんです、あなたの守護霊が言ってるんですけど……なんて全部正直に説明しても、たぶん杉岡さんが変な人だと思われちゃうだけで、信じてもらえなそうでしょ？』

『ああ、たしかにその通りですね』美久がうなずいた。『霊感があるって正直に言っても変人扱いされて終わりっていうのは、今までの人生でさんざん味わってきてるんで』

『そう。だから、杉岡さんから拓真に、事件の真相に気付くようなヒントを出してほしいのよ』

『ヒントを出す？　大丈夫ですか、難しくないですか？』

『大丈夫。作戦は考えてきたから。えっと、まずね……』

八重子は美久に、ヒントとして拓真へ伝えたいことと、作戦の概要を説明した。

『へえ、そんなことが事件の鍵になってるんですね。でも、うまくできるかなあ』

美久は不安げに首をひねった。八重子が励ます。

『大丈夫。私もその場にいるし、なんなら私が言ってることをそのまま拓真に伝えてくれるだけでいいから。——それじゃ、例の物、書いてもらえる?』

『ああ、はい……』

美久が、制服のポケットに入れてあるメモとペンを取り出した。

『じゃあまず、時任三郎《ときとうさぶろう》ね。あと、浜木綿子《はまゆうこ》もいいわね……あ、どっちも知らない?』

『あ、はい、分からないです』

『時任三郎はね、ふぞろいの林檎《りんご》たちっていうドラマで売れたのよ。私も生きてる時に見てたわ。あと、浜木綿子は香川照之《かがわてるゆき》のお母さんで……なんて、今はそんな説明じゃなくて、どう書くか説明しないといけないわね』

霊感のない一般人が遠目に見れば、品出し中のコンビニ店員が、バックヤードから持ってくる物をメモしているかのように見えるだろう。まさかその店員が、傍らの幽霊の説明を受けて、その幽霊の孫である刑事に事件の真相に気付かせるためのヒントを出そうと、小道具を用意している——なんてことは誰にも想像できるはずがない。

その後、八重子は美久のアイディアも取り入れつつ、作戦をひと通り説明した。

ちょうどそのタイミングで、八重子が店の出入口を指して言った。

『あっ、拓真が来た』

『ああ、本当だ』

自動ドアの向こうに、拓真の姿が見えた。難しい顔でうつむきながら歩いてくる。

うつむいていたせいか、拓真は開きかけの自動ドアに、ごつんと頭をぶつけた。

『あっ、大丈夫かな』美久が拓真を見て、心の声で言った。

『大丈夫。あの子がドジなのはいつものことだから』

『あ、そうですか……』

美久は苦笑しつつ「いらっしゃいませ～」とマニュアル通りの声を拓真にかけた。

『じゃ、本番行きましょう。このメモを使って、私が隣で言った通りのことを言えばいいから、心配しないで』

八重子が、美久が左手に持ったメモを指し示しながら、美久に声をかけた。

『はい、分かりました……』

美久は少々不安な様子だったが、弁当を選んでいる拓真の様子を見て、さりげなくレジへと向かった。

この事件、どこかで間違いを犯してしまっている気がする。それがどこなのか、どんな間違いなのか、ということまでは、まだ見当もつかないのだが。――拓真は考え込みながら、遅い昼食を買いに独鯉署の向かいのコンビニに来た。考え込んで歩いていたせいで、開きかけの自動ドアにごつんと頭をぶつけてしまったが、「いらっしゃいませ～」と店員が普通に出迎えてくれたので、拓真のドジっぷりには気付かれなかったようだ。

ちなみに、その店員というのは、杉岡という名札をつけた若い女性だ。拓真は、この店員を以前から認識していた。

というのも、彼女はどうやら、なかなかの不思議ちゃんのようなのだ。

先日、このコンビニで弁当を買った時、「温めますか」と聞かれたので「はい、お願いします」と答えたところ、「はい？」と聞き返されたことがあったのだ。その時はまだ拓真も、自分の声のボリュームが小さかったのかと思ったのだが、その後たしか「温めた弁当と冷たいお茶は袋を別にしますか」的なことを聞いてきた後、彼女は突然「ちょっと、同時に喋らないでください」と口走ったのだ。その時、拓真以外の客はいなかったのに。

まさか変なクスリでもやってるんじゃないかと一瞬身構えたが、「あ、すいません」とすぐ謝ってきたし、それ以外はごく普通の店員だった。だから今のところはまだ、拓真の中で、彼女はちょっと不思議ちゃんというだけだ。もちろん、変なクスリをやっている疑惑も完全に消えたわけではないが、さすがにそんな人がわざわざ警察署の向かいのコンビニで働こうとは思わないだろう——なんて、事件について考え疲れたせいか、そんなとりとめのないことも考えながら、拓真は弁当とお茶を選び、レジに向かった。

「いらっしゃいませ」

女性店員の杉岡に迎えられ、レジ台に弁当を置こうとしたところで、拓真は気付いた。

レジ台の脇に、妙なことが書かれたメモが置いてあるのだ。

時任三郎　×ときにんざぶろう　○ときとうさぶろう
浜木綿子　×はまきわたこ　○はまゆうこ
向井理　×むかいさとし　○むかいおさむ
黒木華　×くろきはな　○くろきはる
武井咲　×たけいさき　○たけいえみ

「……何ですかこれ」

拓真が尋ねると、彼女は答えた。

「ああそれ、さっき店長と盛り上がってたんです。初見だと名前を読み間違える有名人」

そして彼女は、なんだか少し棒読みのような口調で、なぜか誰もいないはずの右側の空間にちらちら視線を送りながら、語り出した。

「私が、時任三郎を『ときにんざぶろう』って間違って読んでたっていう話をしたら、店長は未だに向井理の『理』を『さとし』って読み間違えるって言ったんです。同じ理科の理で『手塚理美《てづかさとみ》』って読む女優さんがいるから、それで間違えちゃうんだよなって店長が言ってて……。で、世代によって名前を読み間違える芸能人って変わってくるよねっていう話になって、思い付くまま挙げていったんです」

「あ、はあ……」

仕事中にそんなことを話していたのか。よっぽど暇なのだろうか——。拓真は思ったが、口には出さなかった。

「あ、そうだ、もう一人言ってた」

彼女がそう言って、メモの続きに、もう一人の名前を書き足した。

その文字を見て、拓真ははっと息を呑んだ。

「この人、知ってます？　私は知らなかったんですけど、昔は知らない人がいないぐらいの大スターだったらしいですよ。最近の若手芸人がお笑い第七世代とか言われてるけど、それで言うと、この人は第一世代らしいです。でも、知らないで読んだら、そもそも人名だと思わないですよね。苗字がこれだから、下の名前も違う意味で……」

「ああ……そういうことか！」

拓真は、杉岡の言葉を遮って、思わず叫んでいた。

「ありがとう！　あなたに助けられました！」

拓真はそう言い残して、興奮しながら店から駆け出した。弁当をレジまで持って行ったのに買わないまま店を出てしまったことに気付いたのは、ずいぶん後になってからだったが、もう空腹感は吹き飛んでいた。


『……ふう、なんとかうまくいきましたね』

『ありがとう、助かったわ』

ほっとした美久に、八重子が礼を言ってきた。

『あ、あと、ごめんなさいね。拓真ったら結局、お会計しないまま飛び出して行っちゃって』

『ああ、大丈夫です。戻せばいいんで』

拓真がレジに持ってきた弁当とお茶を、元の棚に戻しながら、美久は心の声で言った。

『それにしても、幽霊が隣で言ってることを、人に向かって喋るなんて初めてやったから、緊張しちゃいました。たぶん棒読みになってたと思うし……』

『ううん、大丈夫。最高のヒントになったわ』

八重子は笑顔で言った後、表情を引き締めた。

『さて、ここからちゃんと真犯人にたどり着いてくれればいいんだけど……。でも、あの教授が真犯人じゃないってことが分かれば、きっと現場の部屋のDNAとかも、全部洗い直してくれると思うわ。じゃ、ありがとうね！　またいつか、こんな感じでお願いするかもしれないわ』

そう言い残して、すうっと滑るように移動していく八重子の霊が見えなくなったところで、美久はぼそっとつぶやいた。

「ああ、またお願いされるかもしれないのか……」

7

その翌週。取調室にて。

刑事課強行犯係の飯倉係長が、犯人と向き合っていた。

「宮出教授に、うまく罪をなすりつけたつもりだったんだな」

飯倉係長が言うと、犯人は無表情でうなずいた。

「ええ、うまくいったと思ってました」

「聞き込みに対しては、稲森さんとは挨拶を交わす程度の間柄だと言ってたけど、実際はそうじゃなかったんだよな」

「ええ、そうです。実際は……」

そう言いかけて、犯人は沈黙した。

しばらく待った後、飯倉係長は、犯人の言葉を継いだ。

「実際は、あんたは稲森さんに、恋愛感情を持っていたんだな」

すると犯人は、あきらめたように、小さくうなずいた。

そして、訥々《とつとつ》と語り出した。

「彼女に、不倫なんてやめてほしかったんです。ただ、それを言いたかっただけなのに、あんな……あんな取り返しのつかないことを、してしまって……」

犯人――稲森亜沙香の隣室に住んでいた中岡雅也は、涙ぐみながら真相を語っていった。

「僕が引っ越してきて、隣の部屋に挨拶に行った時から、稲森さんは『何か分からないことがあったら言ってね』って声をかけてくれて、しかも出身が同じ北海道だって分かってからはなおさら、親しく話してくれたんです。アパートの廊下とか、近所のスーパーとか、それに大学も一緒だったから、たまにキャンパス内で顔を合わせることもあって、そういう時に話せるのが本当にうれしかったんです。僕、緊張して女性としゃべれないタイプだし、高校でも大学でも『中岡キモいよね』って、女子の陰口を聞いちゃったこともあったんで……」

髭が濃くて小太りな中岡雅也は、決してモテる風貌ではなかっただろう。それがコンプレックスとなり、元来の内気さにますます拍車がかかっていたのかもしれない。そんな彼にとって、社交的な隣人の稲森亜沙香は、密かに恋心を寄せる相手だったようだ。

「でも、ある時、外から話し声がして、玄関のドアスコープで覗いてみたら、稲森さんが男と親しく喋りながら、一緒に部屋に入るのが見えちゃったんです。その男はだいぶ年上だったから、僕は最初、父親とか親戚かもしれないって、希望的観測を抱いてました。でも……変態だって言われても仕方ないですけど、僕は気になって、壁に耳をくっつけて隣の声を聞きました。そしたら聞こえちゃったんです。『いつ奥さんと別れてくれるの？』っていう稲森さんの声が。――ああ、不倫をしてるんだって、すぐに分かりました」

中岡雅也は、無念そうに唇を噛みしめてから、続けて語った。

「しかもそのあと、その男が、うちの大学の教授だということも分かりました。大学の廊下ですれ違ったんです。あっちは当然僕のことなんて認識してないけど、僕はドアスコープ越しに見た顔を覚えていました。彼が映像学科の教授の宮出憲一だということも、調べればすぐ分かりました。――宮出はそれから何度も、稲森さんの部屋に来ました。この際だから全部言いますけど、稲森さんのあえぎ声なんかも聞こえてきました。一度、あいつが部屋を出て行くのが音で分かったから、後をつけて文句を言ってやろうと思って、出て行ったことがあったんです。でも、ドアスコープで外を見て、あいつが階段を下りてしばらく経ったところで、タイミングを計って出て行ったら、ちょうど稲森さんも同じタイミングで出てきて、ばったり出くわしちゃったんです」

一気に語った中岡雅也は、いったん呼吸を整え、また語り出した。

「その時、稲森さんは酔っていたようで、『ごめん、うるさかった?』って聞いてきた後、涙ながらに言ったんです。『私、あの人と不倫してるんだよね』って――。僕は『不倫なんてやめた方がいいと思います』と言いました。そしたら彼女は『そうだよね』とだけ言って、寂しそうに部屋に戻りました」

泣きそうな顔でうつむいてから、中岡雅也はさらに話を続けた。

「そして、あの夜です。また宮出が来た物音がしました。僕は壁に耳をつけて聞いていました。最初はいちゃついてたようでしたけど、宮出がもうすぐ誕生日だという話とか、稲森さんが『プレゼント送ってあげる』と言ったのに対して、宮出が『やめろよ』と止めたような会話が聞こえてきたあたりから、雰囲気が険悪になっていったのが壁越しでも分かりました。そのあと、『いつ奥さんと別れるの』っていう稲森さんの声が聞こえて、稲森さんが泣くような声が聞こえて、宮出が何か言い訳した後、喧嘩別れみたいになって部屋を出て行く音が聞こえて、部屋で一人になった稲森さんがすすり泣く声がずっと聞こえて……。僕はもう、思いの丈を全部ぶつけようと思ったんです。馬鹿だと思われるでしょうけど、彼女を救えるのは僕しかいないと思ったんです」

中岡雅也は声を震わせながら続けた。

「僕は思い切って隣のドアを叩いて、出てきた稲森さんに言ったんです。『やっぱり不倫なんてやめた方がいいと思います』って。それから、僕が好きだということも、この際だから勇気を出して伝えようかと思ったんです。でも、その前に彼女は言いました。『盗み聞きしてんじゃねえよ、変態、不細工、ストーカー、キモいんだよ』——今までの彼女とは別人のように、僕を罵倒してきたんです」

中岡雅也は、そこから涙を流し、小刻みに震えながら語った。

「やっぱり僕はキモいんだ、ずっと好きだった相手からもそう思われてたんだ。そう思うと、頭が真っ白になって……とっさに突き飛ばしてたんです。彼女は酔ってたみたいで、受け身もとらず頭から倒れて、そのまま動かなくなりました。目が半開きのままで……」

しばし言葉に詰まった後、また語り出す。

「終わった。殺してしまった。自首するしかない。最初はそう思いました。でもその時、ワンルームの部屋の、机の上のパソコンがふと目に入りました。画面に映ってたのは、通販サイトの注文画面でした……」

パソコンのキーボードの手前に貼られていた、二枚のピンク色の付箋。他にも付箋はいくつも貼られていたが、位置的に、稲森亜沙香がその二枚の付箋を見ながら通販サイトの注文をしようとしていたことが想像できた。彼女が部屋ですすり泣いている声はずっと聞こえていたが、泣きながらその作業をしていたのだろう――。

中岡雅也は、そこまで推察したとのことだった。

「その付箋の片方には、住所が書かれてました。稲森さんが『プレゼント送ってあげる』とか言ってたのは壁越しに聞こえてましたから、きっとこれが宮出の住所なんだろうと思って、自分のスマホで住所を入力してストリートビューで見てみると、やっぱり『宮出』っていう表札の家が出てきました。そこで僕は、ふと思ったんです。宮出が稲森さんを殺したことにできないかって――」

教え子の女子学生と不倫をしていた大学教授が、彼女のアパートを出た後、彼女が死亡しているのが見つかる。しかも教授は彼女から再三にわたって、本妻と別れるように迫られていた。――この状況は客観的に見れば、明らかに教授が怪しい。その事実に気付いた瞬間、中岡雅也の偽装工作はスタートしたのだった。

「まず、いったん自分の部屋に戻って、指紋とかが付かないようにゴム手袋をはめてから、また稲森さんの部屋に入りました。次に、付箋に書かれた宮出の住所宛てに、その隣の付箋に書かれていた品物をネットで注文しました――」

中岡雅也は、淡々と偽装の手口を語った。

付箋に書かれた品物が宮出憲一へのプレゼントであることや、稲森亜沙香がプレゼントを家に送ろうと提案したのに対して、宮出が『そんなことをされたら不倫がばれる』というようなことを言ったことは、付箋の内容と、壁越しに盗み聞きした内容を合わせて考えて、間違いないだろうと思えた。だから、宮出の妻に不倫をばらそうとしてプレゼントを発送した亜沙香に腹を立て、宮出が亜沙香を殺してしまった――という状況に見せかけようと、中岡雅也は画策したのだった。

「ただ、そこまで頭の中で計画を立てたところで気付きました。さっき部屋を出て行った宮出の姿は、たぶんこの近辺のどこかしらの防犯カメラに映ってる。その時間が、この通販の発注時刻より前だったら、宮出を犯人に仕立てることはできない。だから宮出をもう一回この部屋に呼び寄せなきゃいけない。逆にそれが成功すれば、奴は稲森さんの死体を見つけてパニックになる。もしそのまま逃げ出してくれれば、ますます奴を怪しく見せかけられる。――そう思いついた時には、思わず笑みがこぼれてました」

中岡雅也は、涙で濡れた頰を少しだけつり上げた。

その後、中岡雅也は、あとワンクリックで宮出家にプレゼントを発送できるという段階までパソコンを操作したのち、倒れた稲森亜沙香の指で、彼女のスマホの指紋認証をパスして起動させた。そして、床に置いたスマホの画面を彼女の指で操作して「すぐ来て大至急」というＬＩＮＥを宮出に送ると、すぐにパソコンの最後のワンクリックを済ませて宮出家宛てにプレゼントを発送し、自分の部屋に戻った。

あとの経緯は、宮出憲一が任意聴取で話した通りだった。「すぐ来て大至急」というＬＩＮＥを見て亜沙香の部屋に戻った宮出は、彼女の死体を見つけてパニックになり、慌ててアパートを飛び出して公衆電話から匿名で通報するという、怪しいこと極まりない行動をとった。その結果、中岡雅也の計略通りに誤認逮捕されてしまう寸前にまで至ったのだった。

「でも、彼女のふりをして注文したネット通販で、結果的にボロが出たわけだな」

飯倉係長は、事件を解く鍵となった手がかりについて語った。

「あれは『植木など』じゃなくて『植木等《うえきひとし》』って読むんだ。若いあんたは知らなかっただろうけどな」

そう言われて、中岡雅也は取調室の机に、がっくりと突っ伏した。

――その様子を、拓真は先輩刑事たちとともに、マジックミラー越しに見ていた。

隣に立つ目黒が、拓真を肘でつついてきた。

「大磯、お前が見つけた手がかりの話になったぞ」

「あれが真犯人を示す手がかりだって、よく気付いたよな」江川も言った。

「ああ、いえ……」拓真は謙遜《けんそん》して首を振った。

「さすが名刑事の孫。やっぱり天才の血を引いてるんじゃない？」

内藤がおだてるように言った。拓真はまた謙遜する。

「そんな、とんでもないです……」

実は拓真も中岡雅也と同じ間違いをしていた、ということは秘密にしておいた。

ふう、どうにか一件落着だわ――。いかにも自分で解決した感を出しながら謙遜する拓真の顔を見て、八重子は苦笑しながらも安堵していた。

解決の鍵になったのは、被害者の稲森亜沙香の机に貼ってあった、ピンク色の付箋のメモだった。

そこには、こう書かれていたのだ。

『植木等のＤＶＤ、こわい時の飲み物と薬』

あれは稲森亜沙香が、宮出憲一の欲しい物を聞き出して走り書きしたメモだった。宮出憲一は、稲森亜沙香から誕生日プレゼントに欲しい物をさりげなく聞き出されていた時、「クレージーキャッツの無責任シリーズを久しぶりに見て面白かった。録画しておけばよかった」といった内容のことを話した――ということを、任意聴取の際に語っていた。付箋に書かれた「植木等のＤＶＤ」というのは、当然それのことだ。

ところが拓真ときたら、現場検証でその付箋を見つけた際、「植木等」を「植木など」と間違って読んでしまったのだ。これぐらい若い世代になると植木等を知らない子もいるのかと、八重子はジェネレーションギャップを感じたものだった。

一方、「こわい時の飲み物と薬」という記述の「こわい」は「疲れた」という意味の方言だということも、秋田出身の八重子は分かっていた。地元では当たり前に使われていた言葉だが、北海道や東北出身以外の人にはまず通じないことに、八重子も生前驚いた経験があった。だから、そのメモを書いた稲森亜沙香も北国出身なのだろうとすぐに分かった。

さて、そんなメモが稲森亜沙香のパソコンの前に残されていたにもかかわらず、宮出家には、ガーデニングや盆栽のＤＶＤと、栄養ドリンクや錠剤が届いたのだ。

その時点で、八重子はすぐに、真犯人を推理した。

宮出憲一へのプレゼントを、稲森亜沙香本人が注文して間違えるはずがない。つまりあのプレゼントは、稲森亜沙香が記したメモの内容を、間違って解釈してしまった人物によって注文されたのだ。当然その人物が、稲森亜沙香を殺した犯人だと考えられる。その犯人は、拓真と同様に「植木等のＤＶＤ」を「植木などのＤＶＤ」と誤読したため、ガーデニングや盆栽のＤＶＤを注文してしまった。一方、「こわい時の飲み物と薬」というメモの「こわい」は、ちゃんと「疲れた」という意味だと理解できた。つまり北国の方言が分かる人物だということだ。

宮出憲一以外に、片向荘に外部から入った不審な人物が防犯カメラに映っていなかった以上、犯人はアパートの他の住人と考えるべきだろう。四人の住人のうち、一階の月島茂と鴨田幸夫は、ともに往年の大スター植木等を知らないはずがない世代だった。残る二階の住人二人は、ともに植木等を知らなくてもおかしくない若い世代だったが、二〇三号室の小柳柚香は関西弁で、両親も祖父母も先祖代々奈良に住んでいると言っていた。となると、彼女は「こわい」を「疲れた」という意味だとは即座に理解できないだろうと思われた。

一方、二〇二号室の中岡雅也が東北か北海道の出身だということは、聞き込みの時に分かっていた。彼は稲森亜沙香について、「ゴミ投げる時とか、そういう時にちょっと挨拶したぐらいです」と、ゴミ置き場の方を見ながら言っていた。ゴミを捨てることを「ゴミを投げる」と言うのもまた、北国の方言なのだ。

犯人は中岡雅也だ。八重子はそういう結論に達した。

もちろん、それだけでは確定的な証拠とはいえない。しかし八重子の主目的は、宮出憲一が犯人ではないということを拓真ら捜査陣に分からせることだった。それに気付けば、疎《おろそ》かにしていた現場の証拠調べなどを改めて徹底するだろうし、その結果、最新の科学捜査で、中岡雅也のＤＮＡなどが現場からきっと出てくるだろうと踏んでいたのだ。

実際、八重子がエミリーマートの店員の杉岡美久の協力を得て、「植木等」の「等」は「ひとし」と読むのだということを拓真に教えた結果、拓真は「自分と同じ読み間違いをした人物が、稲森亜沙香のパソコンで盆栽のＤＶＤを注文して宮出憲一に送ったのだろう。その人物が真犯人の可能性が高い」ということに気付いてくれた。そして捜査は仕切り直され、稲森亜沙香の部屋に入ったことがないはずの中岡雅也の細胞片が、彼女の部屋から見つかったことで、容疑が固まったのだった。

――あ～、やれやれ、まったく世話が焼けた。拓真だけでなく、他の刑事たちもみんな、見るからに怪しい宮出憲一に気を取られて、真犯人が残した手がかりに気付こうともしなかったのだ。こんなことでは困るのだ。

まあ、とりあえず、どうにか解決に至ったことの報告とお礼に行こうかな――。

八重子はそう思って、警察署の壁をすうっとすり抜けて外へ出た。

『まったく、これじゃ安心して成仏できないわ。私がいなかったら、本当に冤罪であの教授を逮捕しちゃって、大スキャンダルになってたかもしれないんだからね。あの宮出って教授も、学生と不倫してたことがばれて大学をクビになったり、奥さんと離婚で揉《も》めたりして、警察に濡れ衣を着せられたことを告発してる暇なんてないから、今はどうにか黙ってくれてるけどさ。そうじゃなかったら大変だったかもしれないんだから』

『ああ、そうですか……』

美久が品出しをしている横で、幽霊の八重子が、ぺらぺらと喋っている。半透明の体で棚やカウンターをすり抜け、好き勝手に動き回りながら、一方的に。

『それにしてもいいよねえ、コンビニって。私もこんなハイテクな機械に囲まれてアルバイトしてみたかったわ。私の若い頃のアルバイトっていったら、戦後の闇市とかになっちゃうからね。それも、アルバイトっていうよりは、本当に生きるためだったし……』

　どうやら美久にとって、最初のなじみの客が幽霊になってしまったらしい。悪霊でこそないけど、仕事中にしょっちゅう話しかけられてしまうようでは、前の職場とあまり変わらない。ああ、幽霊が出ない快適な職場はどこかにないのかな──。

　美久はそっとため息をついた。

守護霊刑事と覆面強盗

1

「まったく、ひどいことしやがって……。お願いです。一刻も早く犯人を捕まえてください」

強盗傷害事件の被害者の野島洋一《のじまよういち》は、U県立独鯉病院の病室にて、頬のガーゼを押さえながら、聞き込みに来た拓真と目黒に訴えた。

自宅で就寝中の深夜にいきなり、覆面をした黒ずくめの男に叩き起こされ、「金を出せ」と脅され、あげくに頬を刃物で切りつけられた。——これが、野島洋一が証言した被害の全容だった。

「七十過ぎて、こんな大きい傷は治りづらいでしょ。まったく嫌になっちゃいますよ。先月もこの病院で盲腸の手術をしたばっかりなのに、今度はこんな目に遭ってまた来るなんて思いませんでしたよ……」

野島洋一は、顔の皺をいっそう深くしながら、自らの不運を嘆いた。

「お察しします」

拓真は同情を示した後、質問を始めた。

「ところで、我々も先ほど、防犯カメラの映像を見たんですが……この犯人の手口が、少々変わってましてて」

野島洋一がひとりで住む一軒家の玄関には、防犯カメラが設置されており、拓真らはすでにその映像を確認していた。

「犯人が黒ずくめの服で目出し帽をかぶっていたというのは、野島さんの証言通りでした。まあ、真夜中にカメラに映るのは承知で、正体がばれない格好をしてきたんでしょう。ただ、それより驚いたのは、犯人が侵入した手口です」

一呼吸置いてから、拓真は言った。

「犯人は、玄関の鍵を普通に開けて侵入していたんです」

「えっ……？」

目を丸くした野島洋一に、拓真とともに聞き込みに来ていた目黒が説明する。

「要するに犯人は、野島さんのお宅の合鍵を持っていたようなんです。合鍵を使った泥棒というのは、その家の前の住人が犯人で、大家や不動産屋が鍵の交換を怠っていたような場合に忍び込まれるケースが多いんですが、野島さんのお宅は持ち家だし、中古でもないですよね？」

「ええ、そうですよ」野島洋一が大きくうなずく。

「となると、何らかの方法で野島さんの家の合鍵を作ったか、入手した人物が犯人だと思われます」

「そんな、合鍵なんて、誰にも渡してませんよ」野島洋一は首を振った。「ああ、さすがに一人息子の圭輔《けいすけ》は持ってますけどね。二年前に私は妻に先立たれて、今じゃ唯一の肉親ですし、息子は今結婚して独立してますから」

「その他に、合鍵を持っている可能性がある人物に心当たりはありませんか?」

「だから、そんな人いないです……」

と言いかけた野島洋一だったが、ふと顔を曇らせた。

「ん……もしかして」

「あっ、心当たりがありましたか?」

拓真が尋ねると、野島洋一はうなずいてから語った。

「あの、さっきも言いましたけど、私は先月もこの病院に、盲腸で入院したんですね。今はこの通り個室ですけど、盲腸の時は大部屋だったんです。——で、その病室で、手術の次の日ぐらいに、家の鍵がなくなったことがあったんです」

「鍵がなくなった?」

拓真と目黒が、揃って前のめりになった。野島洋一がうなずいてから語る。

「その日、見舞いに来てくれた息子に頼んで、私の家に着替えを取りに行ってもらおうと思ったんです。ただ、息子はその日、私の家の鍵を持ってきてなかったんで、私がいつも使ってる鍵を渡そうとしたんですが……その時、私の鞄の中の鍵がなくなってたんです」

野島洋一は、神妙な表情で話を続けた。

「探したけど全然見つからなくて、息子の家までうちの鍵を取りに戻ってもらうにはちょっと遠いので、結局あきらめて、着替えは病院の売店で買ったんです。で、家の鍵をなくしちゃったから、退院しても後々面倒だなあって、ちょっと落ち込んでたんですけど、夜になって、鍵がベッドの近くに落ちてるのを見つけたんです。なんだ、こんなところに落ちてたのかって、その時はほっとしたんですけど、よく考えたら、その場所はたしかに探したはずだし、そもそも入院してから鍵を取り出したことなんて一度もなかったんで、床に落とすはずもないんです」

「つまり、その時に……」

拓真が言いかけたのを遮って、野島洋一は怒りがこみ上げた様子で声を上げた。

「ああ、きっと誰かがあの時、私の鍵を持ち出して合鍵を作ってたんだ！　同じ病室に強盗がいたんですよ。くそっ、許せない！」

「同じ病室に入院してた人、具体的に覚えてますか？」目黒が尋ねる。

「えっとね、全部で六人の大部屋で、私以外に男の患者が五人いて……私の右隣が、若い人だったと思いますよ。たしか足を骨折してました。名前は……聞いた気がするけど、思い出せないな。あとの人はちょっと分かりません。間にカーテンが引かれてることも多かったですからね」

「なるほど。五人ですね……」

その相部屋だった五人の中に、強盗事件の犯人がいるのかもしれない。ここからの捜査が非常に大事になるだろう――。拓真は気を引き締めた。


と、そんな拓真の傍らで、人ならざる者の雑談が行われていることには、拓真も目黒も野島洋一も、誰も気付いていない。

『あら、じゃあなた、幽霊になりたて？』

『そうなの。上の病室でさっき死んじゃったの～』

拓真の祖母であり守護霊である八重子は、拓真たちの聞き込みの概要は把握しながらも、ついさっき死にたてほやほやの女の幽霊と、立ち話をしていた。厳密には立ち話というより、お互いに床からちょっと浮いているので浮き話だ。

『八十までは生きたかったけど、まあ癌《がん》で最後の方はしんどかったし、しょうがないかねえ』女の霊はため息交じりに言った。『それで今、私の死体を拭いたりとか色々やってくれてるんだけど、自分の肛門に綿詰められるのとか見てらんなくて、ふらふら出歩いてたの。そしたら、まさか同じ立場の幽霊に会えるなんて思わなかったわ』

『そうだったの。私も、他の幽霊に会うのはずいぶん久しぶりだわ』八重子が答える。『でもまあ、よく考えたら病院が一番、他の幽霊に会う確率が高い場所よね。世の中で一番たくさん人が死んでる場所なんだから』

『あなたはいつから幽霊やってらっしゃるの？』

『私は五年前にね、八十五で死んだの』

『え、あ……じゃ、だいぶ年上だったんですね』女の霊が急にかしこまる。『ごめんなさい、私、ずっと敬語も使わずに喋っちゃって』

『ああ、いいのいいの気にしないで。私そんな、体育会系の幽霊じゃないから』

八重子が笑って返したので、女の霊はほっとした様子で言った。

『見た目が若かったもんですから。三十歳ぐらいに見えますけど、亡くなったのは八十五歳だったんですか？』

『そうそう。幽霊になると、たぶんその人にとって一番調子がよかった年代の姿になるのよ。ほら、あなたも、たぶん私と同じぐらいの年格好になってるわよ』

『え、うそ？』

『ほら、そこの窓に映ってるでしょ』

八重子が指差した窓ガラスを、女の霊が一目見て、感激の声を上げる。

『あらっ、白髪《しらが》も皺もない！　若返ってる！　やった～』

『うれしいよね。私も最初に気付いた時は喜んだわ』

『いや〜、懐かしいわあ。死んでみるもんだわ〜』

女は、窓ガラスに映る若返った自分をいろんな角度からしばし楽しんだ後、ふと八重子に尋ねてきた。

『ところで、この状態っていつまで続くの？　せっかくだからもうちょっとこの姿でいたいけど、そのうち成仏しちゃうのかな』

『それがねえ……実は私にも分かんないのよ』八重子が答える。

『あら、そうなの？』

『他の幽霊に聞いてもね、何がきっかけで成仏するかなんて、誰もよく分かってないの。で、いつまで幽霊やるのかは分からないけど、とりあえず孫の守護霊でもやろうかと思って、ずっと孫のこと見守ってるうちに気付いたら五年も経っちゃったのが私なんだけど……あっ、その孫が、もう移動するみたいだわ』

拓真と目黒が、野島洋一への聞き込みを終えて病室を出ようとしていることに、八重子は気付いた。

『ごめんなさいね、もう行かなきゃ……。ちょっと、話せば長くなるから、かいつまんで言うけど、この子が刑事なのにぼんくらだから、私が守護霊をやってないとだめなのよ』

『あらっ、そうなの？』女の霊が拓真を見る。『そんなぼんくらには見えないけど。

むしろ頭良さそうに見えるけどねえ』

『本当？　だったら見かけ倒しだわ。今回の事件の捜査でも、この子はどんなポカをやらかすか分かったもんじゃないんだから。……じゃ、この辺でごめんなさいね』

『すみませんねえ、お忙しいところ引き留めちゃって』

『ううん、それじゃあどうも～』

――と、強盗事件の捜査にはおよそ場違いなやりとりが、すぐ隣で行われていたことなんて、拓真たちは気付くはずもなかった。そして、「今回の事件の捜査でもこの子はどんなポカをやらかすか分かったもんじゃない」という八重子の言葉が、残念ながら見事に的中してしまうことも、まだ拓真は知るよしもなかった。

2

拓真たちは、野島洋一と相部屋で入院していた患者たちを、一人一人調べることにした。

病院に確認をとったところ、野島洋一が入院した際の病室は、彼の証言通り六人部屋で、野島の入院期間内に同室の患者が入れ替わることはなかったことが判明した。つまり、野島以外の五人の中に強盗犯、もしくはそれを手引きした人物がいる可能性があるということだ。病室やその周辺に防犯カメラは設置されておらず、聞き込みで絞り込んでいくしかない。拓真と目黒は、緊張感を持ちつつ、野島と同室だった患者を一人ずつ回った。

「ああ、たしかに先月、独鯉病院に入院したけど……なんで警察が？」

大倉貞雄《おおくらさだお》は、自宅の玄関で、拓真が取り出した警察手帳を見て目を丸くした。

「実は、同じ病室に入院していた患者さんが、強盗被害に遭いまして」

拓真の説明に、大倉貞雄は「ええっ」と驚いた様子だった。

彼は、身長百六十センチ足らずの小柄な老人で、少なくとも強盗の実行犯ではなさそうだった。野島洋一宅の玄関の防犯カメラに映った、全身黒ずくめで覆面姿の犯人は、映像の解析の結果、身長百七十センチ前後の中肉中背だったことが分かっている。

「で、被害に遭った患者さんが、合鍵を使って家に忍び込まれたようなんですが、実はその方が入院中に、病室内で家の鍵をなくして、しばらく見つからなかったという出来事がありまして……」

目黒が説明しかけたところで、大倉貞雄が声を上げた。

「ああっ、そういえば」

「あ、その時のこと覚えてますか？」拓真が聞き返す。

「鍵なくしたって、ちょっとした騒ぎになってたよな。たしか、俺の手術が終わった直後の夕方ぐらいだ。ただ俺も、麻酔の影響とか手術の疲れで、頭がぼおっとしてたからな。なんかそんな話をしてるなあっていう記憶が、ぼんやり残ってるだけだな」

そして大倉貞雄は、自分の右目を指差し、ジェスチャー付きで説明した。

「俺、網膜《もうまく》の手術をしてな。無事成功したんだけど、局所麻酔で意識があるところに、目ん玉に針をぶすっと刺されたんだ。刺さった針が目ん玉の中で動いてるのも見えて、最後に目ん玉にガス入れられて、もちろん麻酔は効いてるんだけど、針がぶすっと刺さる瞬間は結構痛くてな。ありゃ恐ろしかったよ」

「おお……」

拓真も想像してしまって、思わず顔をしかめたが、それよりも本題の話をしなければならない。

「……で、その鍵がなくなったっていう騒ぎの前後に、病室で妙なことがあったとか、不審な人がいたとか、そういう記憶はありませんか？　まあ、目の手術の直後だったら、他の人をそこまで観察するのは難しかったかもしれませんけど」

拓真が尋ねると、大倉貞雄はしばらく考え込んだ後でつぶやいた。

「もしかして……あれ、そうだったのか」

「何かあったんですか？」

「いや、実はな……」

大倉貞雄は、記憶を呼び起こすように語った。

「鍵がなくなったとか騒いでた日の夜だよ。夜中に、たぶん電話してたんだろうな。『合鍵がなんとか』とか『これで次の仕事がなんとか』とか、あと『すいません、ごめんなさい』とか電話口で謝ってるような声も聞こえたな。小さい声で、誰にも聞こえないように話してるつもりだったんだろうけど、こっちは術後の痛みもあって眠れなかったから、聞こえてきたんだよ」時々目を閉じながら、大倉貞雄は語る。

「昼間に鍵をなくしたって騒いでたから、その落とし主が電話してるのかと思って、大して気に留めなかったんだけど……落とし主が合鍵を作られて強盗に遭ったっていうなら、あの電話は落とし主じゃなくて、強盗の声だったってことか」

一人目の聞き込みで、いきなり最上級の重要証言が飛び出した。

「その電話、誰が話してたか分かりますか？」

「名前までは分からなくても、どんな感じの人だったとか、大倉さんから見てどっちの方向から電話の声が聞こえたとか、覚えてませんか？」

拓真と目黒は、勢い込んで質問した。

「えっと……右から聞こえたと思うんだよな、たしか」大倉貞雄は右手を上げて言った。「俺は、三人並んだベッドの真ん中だったんだけど、たぶんそいつは、俺の右側のベッドだったたと思う」

「その人の顔とかは、覚えてないですかね」

「いや、他のベッドとはカーテンで仕切られてたし、俺も目の手術だったから、同じ部屋の患者の顔とかは、ちょっと分からねえな」

「ベッドの位置は……この資料からは分からないか」

目黒が、病院から渡された名簿を見てつぶやいた。そこには、野島洋一の入院期間中に相部屋だった、大倉貞雄を含めた五人の男性の氏名と住所が記されているだけで、各々がどの位置のベッドに寝ていたかまでは記されていなかった。

「たしかに、ベッドの位置関係は、患者さんの記憶を頼りにするしかないですね」

拓真もうなずいた。すると、大倉貞雄が言った。

「六人部屋で、病室に入って右と左で三人ずつに分かれてて、俺は右の真ん中だった。それは間違いねえよ。――悪いな、他の人のことまでちゃんと覚えてりゃよかったんだけど」

「いえいえ、これだけの証言をいただければ十分です」

「本当に、非常に助かりました」

拓真と目黒が丁重に頭を下げると、大倉貞雄は「そうか？　じゃあよかったけどな」と微笑んだ。高齢とはいえ、口調はしっかりしていたし、証言の信用度はかなり高いと思われた。

さらに、続いての証人からも、同様の証言を得られた。

「ああ、そういえば、僕も聞きましたよ」

二十三歳、中肉中背の成瀬裕志《なるせゆうじ》は、思い出した様子で語った。

「隣のベッドの、野島さんっていうお爺さんが、見舞いに来た息子っぽい人と一緒に、鍵をなくしたって騒いでた日の夜ですよね。夜中に電話してる声が聞こえたんですよ。合鍵がどうしたこうした、みたいな内容の話の」

県内の建設会社で働いている成瀬裕志は、先月仕事中に階段から足を踏み外して骨折し、U県立独鯉病院に入院していた。その際、野島洋一と同じ病室にいたのだった。——野島洋一も、「右隣が若い人だった。たしか足を骨折していた」と証言していたので、野島洋一と成瀬裕志が隣同士のベッドだったことが判明した。

「野島さんは隣だったんで、自己紹介と雑談ぐらいはしたんですけど、あの電話を夜中に聞いた時は、野島さん本人が、自分の鍵のことについて電話してるのかと思ったんです。まあ、夜中に電話するってのは正直迷惑かなとも思ったんですけど、ギリ聞こえるぐらいのひそひそ声だったし、どうしても必要な電話だったのかなと思って……。でも、野島さんが合鍵で強盗に入られたってことは、あの電話をしてたのが、鍵を盗んで合鍵を作った犯人だったってことですよね。ってことは、あの病室の中に犯人がいたのか——」

成瀬裕志は、拓真らが少し説明しただけで、事情を的確に把握してくれた。

「その夜中の電話は、野島さんじゃないとしたら誰が話してたか、分かりませんか？」

目黒が質問したが、成瀬裕志は首をひねった。

「いや～、ベッドの周りはカーテン閉まってたし、ひそひそ声で声質もよく分からなかったし、そもそも野島さん以外とはほとんど喋らなかったから、ちょっと分からないかな……」

だが、そこで成瀬裕志は、また思い出したように言った。

「あ、でも……今になって気付いたんですけど、電話の声は、向こう側の列から聞こえた記憶がありますね」

「向こう側の列？」

拓真が聞き返すと、成瀬裕志は説明した。

「僕らが入院してた病室のベッドは、入口のドアを入って左右に三つずつの、二列に分かれてたんです。僕は左の列の廊下側のベッドで、その隣、左の列の真ん中のベッドが野島さんでした。で、例の電話の声は、今考えたら、遠くから聞こえてた気がするんです。少なくとも、カーテンを挟んで隣の野島さんの声だったら、もっとはっきり聞こえてたと思うんです――。ああ、もっと早く気付くべきだったな」

成瀬裕志はそう言って自らうなずいた。

前に聞き込みをした大倉貞雄は、病室に入って右側の列の真ん中だと言っていた。成瀬裕志は、左側の列の廊下側で、左側の列の真ん中が野島洋一。――六人中三人の位置関係が分かった。

そして、彼らの証言が正しければ、残る三人のうちの誰かが、野島洋一宅の鍵がなくなった日の夜中に、合鍵について電話で話していたことになる。その人物が、野島家に合鍵で侵入した強盗事件に関与していると考えて間違いないだろう。

「どうもありがとうございました」

礼を言って、成瀬裕志の勤務する会社を後にしながら、拓真と目黒は小声で話し合った。

「詳しい証言が得られましたね」

「なんか、物分かりがよすぎて、逆にちょっと怪しく感じるほどだったな」

「う～ん……僕はちょっと覚えてないですね」

三十八歳、中肉中背の西田恒介《にしだこうすけ》は首をひねった。中古車販売店の副店長の彼は、腰椎間板ヘルニアの手術のためにU県立独鯉病院に入院し、野島洋一と相部屋になっていた。

「隣の人が盲腸だっていうのは、うっすら聞こえた記憶があります。でもそれ以外のことは、ちょっと思い出せないなあ。あんまり人と喋ったりもしなかったし」

西田恒介は語った。――「隣の人が盲腸だった」ということは、野島洋一の隣のベッドだったのだろう。野島の右隣は成瀬裕志なので、西田恒介は左隣ということだ。

ただ彼は、深夜の電話の会話も聞いておらず、野島洋一の鍵がなくなって騒動になっていたことも知らなかった。「その時間は病室を出てたのかもしれません」とのことだった。

結局、西田恒介への聞き込みではあまり成果が得られなかったが、最初の二人の、大倉貞雄と成瀬裕志への聞き込みで、立て続けに有力な情報を得られたことの方が珍しかったといえるだろう。拓真と目黒は次の聞き込みに向かった。

「すいません、そんな電話っていうのは、ちょっと聞いてないですね」

二十五歳、やや小柄で小太りの吉本徹平《よしもとてっぺい》は、申し訳なさそうに頭を下げた。バー店員の吉本徹平は、交通事故で腕を骨折して入院していた。

「僕、人のいびきとかが聞こえてても全然眠れちゃうタイプなんで、入院中も毎晩ぐっすり眠れてたんです。だから、その電話も全然聞いた記憶はないですね」

「ああ、そうでしたか」

とりあえず、深夜の電話についての新たな証言は期待できないことが早々に分かったので、拓真は質問を変えた。

「ところで、病室のベッドが、入口から見て左右三つずつに分かれてたと思うんですけど、吉本さんのベッドがどの位置で、周りにどんな人が入院してたか、覚えてませんか?」

「えっと……たしか僕は、入って右側の列の、廊下側のベッドで、僕の右隣はお爺さんでした」吉本徹平は手振りを交えながら答えた。「で、そのお爺さんのさらに右隣の、窓側のベッドに、僕と同年代の人がいました。名前はえっと、横……ああ、たしか横井《よこい》さんっていったかな」

「ああ、そのようですね」

病院から提供された名簿で、もう一人いた入院患者の氏名が横井啓太《けいた》であることは、すでに分かっていた。

強盗事件の被害者の野島洋一を含め、五人からの聴取を終えた時点で、ベッドの位置関係ははっきりした。拓真はメモ帳に図を描いて整理していた。

廊下・ドア

頭
吉本徹平　大倉貞雄　横井啓太
足

足
成瀬裕志　野島洋一　西田恒介
頭

窓

六人のベッドは、右図のような位置関係で、それぞれ壁側に頭を、部屋の中心側に足を向けていたとのことだった。

「その横井さんと、話はしましたか？」

目黒が質問した。すると吉本徹平は、少し沈黙した後、顔を曇らせた。

「あ……これ、言っていいのかな」

「と言いますと？」

「横井さんとは、同年代で、二人とも腕の骨折で入院してたこともあって、一番よく喋ったんです。ていうか、他の人とはほとんど喋らなかったし、名前も横井さん以外は知らなかったんですけど……。ただ、横井さん、お金の話ばっかりしてたんですよね。もっとお金が欲しいとか、大金があったら何をしようか、とか」

「本当ですか？」拓真は身を乗り出して尋ねた。「他にどんな話をしました？　どんな仕事をしてるとか……あと、連絡先の交換なんてしませんでしたか？」

「いや、仕事の話まではしなかったですね。連絡先も交換してないです」

「ああ、そうですか……」

「すいません、こんな話でよかったですかね？」

吉本徹平はおずおずと言ったが、これ以上ないほど決定的な重要証言だった。

「いや、とても重要なお話でした。ありがとうございます」

十分な手応えを得て、吉本徹平に挨拶をして辞去した。

「残るは横井啓太。明らかに怪しいな」

パトカーに乗り込んですぐ、目黒が言った。拓真も大きくうなずいて、メモ帳に書いた図を改めて見る。

「そういえば、最初に聞き込みをした大倉貞夫さんも、例の怪しい電話の声は右から聞こえたって言ってましたよね。となるとやっぱり、方向的に横井のベッドになりますね」

「すぐに会いに行こう」目黒が強く言った。

3

ところが、捜査は思わぬ事態に直面した。

「横井啓太ですが、病院の名簿に書かれていた住所はすでに引き払っていて、電話もつながりません」

拓真と目黒は、駒田刑事課長に報告した。――独鯉病院の入院者名簿に記録されていた住所を訪ねたのだが、すでに空き家になっていたのだった。

「そうか、じゃあもう逃げたのか……」駒田刑事課長は眉間に皺を寄せた。

「最近まで住んでいたのは確かなようです。不動産業者に確認しました」

「野島洋一さんが強盗に襲われた日の一週間ほど前に部屋を引き払って、それから行方知れずです。住民票なども、最初から移してなかったようです」

拓真と目黒が説明する。横から、飯倉強行犯係長も質問してきた。

「横井の転居先の手がかりはないのか？」

「一応、横井啓太が以前に別の部屋を借りた際の、保証人の居所は分かりました。横井将太《しょうた》。啓太の兄のようです」拓真が答える。

「うん、じゃあそこを当たってみよう」駒田課長が指示を出した。

拓真と目黒は、U県北部の駅前のマンションに住む、横井将太のもとへ聞き込みに行った。

「啓太の行き先なんて知りませんよ。あいつはずいぶん前から、根無し草みたいな生活をして、好き勝手生きてるんだから」

横井将太は、玄関先でため息交じりに言った。奥の廊下から妻の美幸《みゆき》も、心配そうに視線を送ってきていた。二人とも三十代前半の、どこか物憂げな雰囲気の夫婦だった。

「僕ら兄弟は、両親を早くに亡くしてましてね。だから僕が啓太の親代わりみたいな感じで、保証人とかにもなってやりましたけど……。一回、あいつがアパートの家賃を三ヶ月も滞納して、僕が代わりに払ったこともあったんですよ。いつか返すって約束したのに、いつまでも返さないし」

横井将太は、うつむき加減で言った後、顔を上げて尋ねてきた。

「で、何かしたんですか、啓太」

「あ、その……」目黒は言葉を選んで答えた。「まだ捜査段階ですので、何をしたとまではっきりとは言えないのですが、ある事件に関わった可能性があると見られてまして」

「あ～あ、さすがに犯罪まではしないだろうと思ってたのに……」

横井将太は、すでに弟が罪を犯したと確信した様子で天を仰いだ。

「でも、被害の賠償とかしろって言われても、さすがに困りますからね」

「いえ、まだそんな段階ではありません」拓真が首を振る。「ただ、弟さんの行き先について心当たりがあればと思って、今日おうかがいしたんですけど」

「まったくないですね、悪いけど」横井将太は即答した。

「啓太さんが先月入院したことはご存じでしたか？」拓真がなおも尋ねる。

「いや、全然知らないです」

「最後に直接会ったのは」

「いつだったかなあ。何年も会ってないですよ」

「電話やメールなどは、最近ありましたか？」

「それも、一年以上はないかな」

拓真の質問に、横井将太はふてくされたような表情で淡々と返していった。

「ところで、さっきから気になってたんですけど……」

ここで拓真は、横井将太と、妻の美幸の顔を、続けて指差した。

「その顔の傷、どうされたんですか？　お二人ともあるみたいですが」

横井将太の右頬、それと妻の美幸の左頬に、細長いかさぶたができているのだ。

二人の顔をひと目見た瞬間から、拓真はずっと気になっていたのだった。

「ああ……これは、僕ら二人とも猫にひっかかれましてね」

横井将太は、少しだけ動揺したようにも見えたが、冷静に答えた。その後ろで、妻の美幸が付け足す。

「うちの猫、わんぱくっていうか、ツンデレっていうか、甘える時は甘えるのに、急にひっかいてくるんですよ」

そこで美幸が、奥の部屋を振り返って声を上げた。

「ほら、メイ、おいで」

すると、黒い猫がドアの隙間からひょいと出てきた。だが、玄関の拓真と目黒の姿を認めると、すぐにさっと引き返してしまった。

「あら、ごめんなさい、人見知りで」美幸が苦笑した。

たしかに猫はいた。二人の顔の傷が猫にひっかかれてできたという話は、嘘だとは言い切れないだろう。

——結局、横井啓太の消息についての有力な情報は何一つ得られず、拓真と目黒は、横井将太・美幸夫妻の部屋を辞去した。

だが、横井夫妻の部屋があるマンション四階から、拓真たちがエレベーターに乗ろうとした時だった。

「あのおうち、何かあったの？」

振り向くと、小柄なお婆さんが、にやにやしながら話しかけてきていた。

お婆さんは、いかにも噂好きといった好奇心に満ちた目を、拓真と目黒に向けながら、一緒にエレベーターに乗り込むと、一方的に喋り出した。

「あの家の夫婦ね、急に羽振りがよくなったのよ。ご主人の方が、競馬で大当たりしたって言ってるんだけど、本当かどうか怪しいと思ってたの。ついこの前も、車を外車に買い換えてたしね」

「えっ、そうなんですか？」

目黒が目を丸くした。拓真もすぐにメモ帳を取り出す。

「刑事さんたちが来てるってことは、やっぱりあの夫婦、何かやってたんだ」

お婆さんがにやりと笑って、目黒と拓真を交互に見る。

「あ、いや……」目黒が言葉に詰まる。

「ていうか、僕らが刑事だって、なんで分かったんですか？」

拓真が尋ねると、お婆さんはにやけたまま答えた。

「警察手帳出してるところ見えちゃったもん」

「あっ……」

横井将太の部屋を訪ねた際、廊下に他の住人がいないことを確認してから、さっと警察手帳を出したつもりだったが、お婆さんは物陰にでも隠れて見ていたのだろう。警察を出し抜くとは、まるでスパイのような芸当だ。

「しかもあの夫婦、顔にも傷ができてるでしょ。なんか怪しいと思うわ」

お婆さんがそう言ったところで、エレベーターが一階に着いた。

「じゃ、私は買い物行ってくるわ」

歩き去るお婆さんの後ろ姿を見送りながら、拓真と目黒は小声で言葉を交わした。

「やっぱり、あの横井の兄夫婦が、事件に関わってるんですかね」

「まあ、具体的な証拠があるわけじゃないけどな」

「ただ、気になるんですよね。夫は右頰、妻は左頰……」

「ああ、あの傷のことか？」

「はい。あの二人の顔の傷には、何か秘密がある気がするんです」

拓真はそう言いながら、ずっと考えていた。現時点ではただの勘に過ぎないが、あの二人が、今回の強盗事件に深く関わっているような気がしてならないのだ。

この勘は、ただの当てずっぽうではない。

というのも、実は拓真は、さっきから強い寒気を覚えているのだ。

拓真がこれまで、事件の重要な局面に差しかかった時にいつも感じてきた、この寒気。名刑事の孫として備わった第六感と言ってもいいのかもしれない。

きっとある。あの夫婦にはきっと何かあるのだ。夫の右頬、妻の左頬にあった、細長い傷。あれがいったい何を意味しているのか、拓真は車で独鯉署に帰る間も、ずっと考え続けていた。絶え間ない寒気を両肩に感じながら――。

そんな拓真の肩を両手でつかみながら、拓真の祖母であり守護霊の八重子は叫んでいた。

『あ～、もう！　全然違うっての！　まったくもう、この子は本っ当に鈍感なんだから っ！』

今の捜査方針は、もう完全に見当外れなのだ。さっき聞き込みをしてきた、あの一見怪しい夫婦は、事件とは全然、ぜ～んぜん関係ないのだ。頬の傷はたぶん本当に猫にひっかかれただけなんだろうし、急に羽振りがよくなったのもたぶん本当に競馬で大当たりしただけなのだ。帰りのエレベーターで会ったあの婆さんは、あることないこと噂を広めるのが好きなだけの奴なのだ。八重子も生前、あんなタイプのおばさんが近所にいて本当に面倒だったのだ……なんて、今そんな話はどうでもいいのだ。

拓真ときたら、行方不明の横井啓太を追い始めてから今に至るまで、ず～っと無駄なことをしているのだ。もしこれが小説だったら、あの辺からここまでのページをごっそりカットしたところで何の支障もない。カットした上で、「すみません。『夫の右頬、妻の左頬に傷がある』みたいな意味ありげな要素をちりばめちゃいましたけど、あの辺のくだりは、実は本筋には全然関係ないんです。もう今後は本文にも出てきません。変に考えさせちゃって本当にごめんなさい」なんて読者に対して謝った方がいいぐらいだ。

拓真たち捜査陣は、もっと前の段階で、重大な見落としをしているのだ。あのことに誰も気付かないなんて、本当に独鯉署の刑事課は大丈夫かと、八重子はまた心配になってしまった。

八重子はもう、この事件の真相は、ほとんど分かっているのだ。もちろん、犯人だって目星がついている。

犯人は、たぶんあいつで間違いないだろう――。

その夜。

拓真は就寝中、突然金縛りに襲われた。

夜中に強い寒気を感じて目を覚ますと、枕に額を押しつけられ、背中にずしっと重い物が乗ったような感覚をおぼえたまま、ぴくりとも動けなくなってしまった。人生初の経験に、拓真はパニックになった。

「ぐっ……た……助けて……」

思わず、そんな言葉を漏らしてしまった。たしか金縛りというのは、就寝中に脳だけが覚醒して体が寝ている時に起きる現象であって、別に怖いことではないのだ。幽霊とかではないのだ。怖くない怖くない。――そう自分に言い聞かせたのだが、心の中の本能的な恐怖は、どんどん増すばかりだった。

さらに、突如、右手にもずしんと重みを感じた。

「ひいっ」

つい情けない声が出てしまった。ああ、やはり俺は怖がっているのだ。これはとっても怖いことが起きているのだ――。自分が金縛りに対して心の奥底では恐怖していることを認識してしまい、拓真はますます恐怖の渦に呑み込まれていった。

「お……お化け……おばけ……こわいよお」

とてつもない恐怖に襲われている上に、まだ頭が寝ぼけている拓真は、まるで幼児のような泣き声を上げ、恐怖から逃れるために精神状態も幼児期のように退行してしまい、そのままあっさり失神し、再び眠りの中に落ちてしまった。

『え、うそ、気失っちゃった？　何してんのもう！』

拓真を見下ろして、八重子は頭を抱えた。

『まったくもう。勘が悪い上に怖がりって、つくづく刑事に向いてないわ！』

八重子は心底嘆いた。せっかく拓真に、事件の真相を示すヒントを与えてやろうとしたのに、それに気付く前に気を失ってしまうなんて、本当に我が孫ながら使えない刑事だ。

これはもう、またお願いするしかないか――。八重子は考えていた。

4

『ていうわけでね、またお願いしたいんだけど』

エミリーマート独鯉警察署前店にて。八重子はまた杉岡美久に依頼した。

『またですか……』

『まあ前回もね、植木等を読み間違えたせいで事件の真相から遠ざかるっていう、情けないありさまだったんだけど、今回は輪をかけてひどいのよ。本当はもっとずっと早く真相に気付いてないといけないんだから』

『ああ、そうなんですか……』

八重子の依頼を、美久はレジの後ろで「エミチキ」というフライドチキンを揚げる作業をしながら、あいづちを打って聞いている。店内に客が二人いるが、美久は口から発声するわけではなく、八重子にだけ分かる心の声であいづちを打っているので、客に不審がられることはない。

『ただねえ、ヒントの出し方が、前回以上に難しいかもしれないのよね。う～ん、どうしよっかな……』

と、辺りを見回した八重子が、レジの後ろに置かれた、右手にサーベルのような物を持ったフィギュアに気付いた。

『ん、あの人形は何？』

『ああ、それ、今やってるスピードくじの景品の、ウルトラライダーです』

『ウルトラライダー？　ああ、今もやってるのね、あれ』

大昔から放送されている特撮ヒーローだということは八重子も知っている。八重子の息子で拓真の父である浩《ひろし》も、子供の頃によく見ていた。

『私もあんまり詳しくないんですけど、今は大人でもファンが多いみたいですよ。若いイケメン俳優の出世コースにもなってるみたいですし。ちなみに今放送されてるそれは、ウルトラライダー騎士《ナイト》とかいうらしいです』美久が心の声で言った。

『へえ、そうなの……。あの人形って、ずっとあそこに飾ってあるの？』

『はい。まあ、一等の景品なんで、一等の当たりくじが出たらその人にあげますけど、それまではあそこに飾ってあります』

『なるほどね……』

八重子はしばらく思案してから言った。

『あれ、ちょっと使わせてもらっていいかしら』

拓真は、重い頭を振りながら、独鯉署の向かいにある、行きつけのエミリーマートに入った。

それにしても昨夜は災難だった。金縛りに遭ったのだ。そのせいで寝不足気味で、今も頭が重い。でもそんなことは言っていられない。事件解決のために頭を働かせなくてはいけない——。使命感に駆られながらも、昨日から強盗事件の捜査を何ら進められていないことに歯がゆさを感じている拓真は、とりあえず昼食の弁当とお茶を選んだ。途中でペットボトル飲料売り場の扉に右手の指を挟まれ「あたっ」と小さく呻《うめ》くというアクシデントはあったが、考え事をしていて注意力が散漫になっている拓真にとってはいつものことだ。指を何度か曲げ伸ばしして、たぶん大事には至っていないことを確認してから、レジに向かった。

すると、若い女性店員の杉岡さんが、なぜか難しい顔をして、人形のようなものをレジ台の上に倒していた。さらに周りを黄色いテープで囲って、ちょっとしたジオラマのようなものを作っているようだ。

「あの……何してるんですか？」

さすがに聞かずにはいられなかった。すると杉岡さんは、はっと顔を上げた。

「ああ、いらっしゃいませ」

彼女は、なぜか誰もいない右側の空間にちらちらと目を向けながら語り出した。

「これ、今やってるスピードくじの景品の、ウルトラライダーなんですけど、どうせだったら警察署の前のコンビニにふさわしいポーズで展示しようと思いまして、ウルトラライダー殺害事件の現場を再現してるんです。ちょうど黄色いテープもあったんで、こうやって囲ってみて、殺害現場感を出そうかと」

「あ、はあ……」

たしかに、言われてみれば、倒れたウルトラライダーのフィギュアの周りを黄色いテープで囲った様子は、規制線が張られた殺人現場のようだ。だが、なんでまたこんなものを作っているのか。よっぽど暇なのだろうか。強盗傷害事件の捜査で悩み続けている拓真にしてみればうらやましい限りだった。

「右手に刀を持ってると、なんか死体っぽくならないですよね。うつ伏せにすればいいかな。ああ、そうすると、これがこっちになるのか……」

彼女が、倒したフィギュアを、何度もくるくると回転させる。

その様子を見て、拓真は息を吞んだ。

「はっ……！」

全身に雷のような衝撃が走った。

「そうか……そういうことか！」

拓真は、弁当とお茶をレジカウンターに置いたまま、脱兎《だっと》のごとく駆け出し、店を出て行った。


『ふう、どうにか気付いてくれたみたいですね』

美久は、拓真が店を飛び出した後ろ姿を見送りながら、心の声で言った。

『うん、ありがとうね。今回も助かったわ』

八重子もほっとした顔でうなずいてから、ため息をついた。

『まったく、拓真に私ぐらいの洞察力か、あなたぐらいの霊感があれば、よっぽど楽なんだけどね』

『ていうか、私が変な店員だと思われていくのが、なんか癪《しゃく》なんですけど』美久が苦笑した。『前回も今回も、こいつなんでこんなことしてるんだ、よっぽど暇なのか、みたいな目で見られましたし』

『ごめんねえ。あの子にそういう目で見られるのは癪だわね。あっちこそ、ペットボトル売り場の扉に指を挟まれるような奴なのにね』

『ああ、今日挟まれてましたね。あたっ、て小さく悲鳴上げてましたよね』美久が笑う。

『それに、またあの子、弁当買わないまま出て行っちゃったわね』

八重子は呆れた目で、レジ台に置きっ放しになった弁当とお茶を見下ろした。

『考え事をしてたらつい注意力が散漫になって、事件の真相をひらめいたら弁当を買うのも忘れちゃう——。いかにも天才っぽい行動だけど、自分の力じゃ何もひらめかないいんだから困っちゃうわ』

5

引っ越しの準備は全部終わった。あとは江崎《えざき》さんを待つだけだ。本来なら後輩の引っ越しのために先輩を使うなんてありえないことだけど、状況が状況だから仕方ないと江崎さんは言ってくれた。優しい先輩だ。

車の免許を持っていれば一人でできたんだろうけど、持っていないから頼むしかなかった。まあ、これで当面は大丈夫なはずだ。——彼がそんなことを思いながら、アパートの部屋の前に立っていた時だった。

表の道路に車が停まった。江崎さんが借りたトラックが来たのかと思ったら、普通の乗用車だった。

まずいな、あそこに停められると、このあと江崎さんが来た時に停めづらくなっちゃうな。何の車か分からないけど、長くいられると面倒だな。——彼がそう思っているところに、さらにもう一台車がやってきた。そして、二台の車から一気に十人近くの男たちが降りてきた。

近所で何か集まりでもあるのかな、と彼は思った。だが、車から降りてきた人々は、彼に向かってまっすぐ歩いてきた。

その先頭の男の顔に見覚えがあった。前に聞き込みに来た刑事だった。

彼はそこで、ようやく気付いた。

もしかして、こいつらは——。

「どうもどうも。まるで僕らを待ってくれてたみたいですね」

刑事が声をかけてきた。

「いや、そういうわけじゃないんですけど……」

平静を装って答えたが、声がうわずってしまったことに、彼自身が動揺していた。

「江崎さんを待ってたんですよね？」

刑事が尋ねてきた。彼は言葉を失った。

「江崎さんなら、もう警察にいます」

それを聞いた時、彼は全てを悟った。刑事は続いて、予想通りの言葉を口にした。

「で、吉本さんの逮捕状も出てるんですよ。他人の家の鍵を盗んだ窃盗の容疑で」

彼――吉本徹平は、顔を歪めて舌打ちをした。


「同じ病室だった横井さんに罪をかぶせたつもりだったんでしょうけど、そんなのが通用するほど警察は甘くありません」

拓真は取調室で、吉本徹平に言った。

「ちなみに横井さんとは、どうにか連絡がつきました。今はベトナムにいて、向こうで商売を始めようかと考えてるんだそうです。――同じ病室に入院していた時に雑談をして、彼がバックパッカーのような生活をしていると聞いたから、我々が聞き込みに来た時、彼に疑いをかけてしまおうと考えたんですね。そうすれば、自分はしばらく安全だろうと。だから、横井さんが『もっと金が欲しい』とか『大金があったら何をしようか』とか、金の話ばっかりしていたと嘘をついたんですね」

吉本徹平が小さく舌打ちをする。拓真は引き続き語る。

「電話会社の協力を得て、あなたのスマホの通話記録を調べました。すると、あなたの病室で鍵の紛失騒ぎがあった日の深夜、あなたが七分ほど通話していたことが分かりました。そのお相手は、地元では有名なワルだった、あなたの一つ上の先輩の江崎さん。任意でＤＮＡを採らせてもらおうと家を訪れたら、突然逃げようとして、追いかけた警官を殴って公務執行妨害で現行犯逮捕。その後、意外とすんなり白状してくれました」

吉本徹平はそれを聞いて、はあっと大きくため息をついた。

もちろん拓真は、捜査段階であまりにも初歩的な恥ずかしい勘違いをしていたことなんて、おくびにも出さない。拓真は、聞き込みで得た情報をもとに病室内のベッドの配置図を描いたメモ帳を、ポケットの外からそっと触った。

廊下・ドア

成瀬裕志	吉本徹平
足 野島洋一 頭	頭 大倉貞雄 足
西田恒介	横井啓太

窓

最初に話を聞いた大倉貞雄から「右のベッドから電話の声が聞こえた」という証

言があり、さらに他の証言からも総合して、このような図が出来上がったため、「強盗に関与した電話の声の主は、大倉貞雄の右のベッドの横井啓太に違いない」と思い込んで、行方を追っていた。しかも、そんな横井啓太が行方不明で、彼の兄夫婦がこれまた怪しかったものだから、ますます関心が向いてしまったのだ。

でも、それはとんだ見当外れだった。拓真たちはずっと、最初の大倉貞雄の証言を、勘違いしていたのだ。

実は、大倉貞雄は入院中ずっと、うつ伏せで寝ていたのだ。

だから、大倉貞雄にとっての「右のベッド」というのは、通常の仰向けの状態で見た時とは逆の、吉本徹平のベッドだったのだ。

拓真は知らなかった。大倉貞雄が受けた、眼球内にガスを注入する網膜の手術というのは、術後何日にもわたって、うつ伏せの姿勢を強いられるのだ。U県立独鯉病院に連絡をして、大倉貞雄も同様だったと確認をとった。

もっともこれは、拓真や目黒に相応の医学的知識があれば、もっとずっと早く気付けたことだった。というのも大倉貞雄は、聞き込みの際に、網膜の手術をしたということも、「目ん玉にガス入れられた」ということも、はっきり語っていたのだ。

「その手術を受けたってことは、術後は長いことうつ伏せだったたってことですよね？　つまり、大倉さんにとっての右というのは、こっち側のベッドってことですよね？」

とあの時点で確認していれば、ベッドの配置が分かった段階で吉本徹平が第一容疑者となり、捜査はずっと早く進んだはずだった。

このことに気付いたのは、またしても、行きつけのエミリーマートの店員である杉岡さんのおかげだった。彼女が、スピードくじの景品のウルトラライダーのフィギュアを「警察署の前のコンビニにふさわしいポーズで展示しようと思いまして、ウルトラライダー殺害事件の現場を再現してるんです」などと言いながら、右手に刀を持たせた状態で仰向けにしたりうつ伏せにしたりしていた時に、はっとひらめいたのだ。「右のベッド」というのは、証言者がうつ伏せで寝ていた場合は、逆の左になるのではないかと――。

その後の取り調べで、事件の詳細が分かった。

吉本徹平は、学生時代の不良グループの先輩である江崎剛太《ごうた》とともに、数年前から窃盗や強盗を、警察に捕まることなく散発的に繰り返していた。そんな中、交通事故で骨折し入院した吉本徹平は、入院患者や見舞客の財布から、合計数万円の現金を盗んでいた。誰からいくら盗んだかは、もはや吉本自身も被害者も覚えていないようなので迷宮入りだろう。

さらに、盲腸の手術後の野島洋一が看護師とともに病室を出て行き、他の患者も外出しているか眠っているのを確認した吉本徹平は、隙を突いて野島洋一の鞄から財布を盗もうとした。すると、野島家の鍵を見つけた。入院中の窃盗がうまくいっていたことで調子に乗った吉本は、野島の住所が分かった上で鍵を複製すれば、後で家に盗みに入ることもできると思い立ち、野島洋一の財布の金を抜くついでに、中の免許証をスマホで撮って住所を記録し、野島家の鍵を持って外出して、近くの鍵屋で合鍵を作成した。病室に戻った後、野島が鍵をなくしたことに気付いて騒ぎになった時は少々焦ったものの、後でさりげなく鍵を床に落としておいて、事なきを得たという。

その後、野島家に侵入して金を奪う犯行は、吉本が病み上がりだったため、大事を取って江崎剛太が一人で実行した。ただ、この二人がとっていた連絡が、犯行の手がかりになったのだった。

吉本と江崎は、LINEやメールだと文面が証拠として残ることを警戒して、連絡手段は音声通話に限定していたのだが、吉本が「入院してる奴の家の合鍵を作りました。これで次の仕事ができますよ」と深夜の病室から電話をかけたところ、江崎に「馬鹿、その病室から電話しちゃだめだろ。聞かれたらどうするんだ！」と怒られたらしい。そういえば、深夜の病室で電話の声を聞いたと最初に証言した大倉貞雄は「すいません、ごめんなさい、とか電話口で謝ってるような声も聞こえた」と言っていた。まさにその時、吉本が江崎に謝った声を聞いたのだろう。

『まあ、あの泥棒も、共犯者との電話を人に聞かれちゃうようなドジだったから、ほっといてもそのうち捕まったのかもしれないけどさ。それにしても、うつ伏せで寝てた患者の証言を仰向けだったと決めつけて勘違いするなんて、また心配になっちゃったわ。ああいう網膜の手術の後、長い間うつ伏せで寝かされるってことは、私が生きてた頃に親戚で手術した人がいたから知ってたのよ。だから今回の事件の真相にはすぐ気付いたんだけど、そこの刑事たちは全然気付かなくてねえ。まどろっこしかったわ』

――と、またしても八重子が、頼んでもいないのに、美久の働くコンビニに事件の顚末《てんまつ》を説明しに来た。

いや、別に事件のことなんて興味ないです。ていうか、自分の声が人間に聞こえないのをいいことに、仕事中にも話しかけてくるのはやめてほしいんですけど……なんて本音を言うわけにもいかない。今は温厚な八重子だけど、幽霊であることには変わりない。ひとたび怒らせれば、呪いでもかけてくるかもしれないし、毎晩枕元に立たれて安眠を妨害されるかもしれないし、メリーさんとかコックリさんとかトイレの花子さんとか、たちの悪い知り合いを呼ばれてしまうかもしれない。

それにしても、店長は口数が少ない中年男性だし、下手したら美久は、このコンビニで働き始めてから、幽霊の八重子と最も多く会話しているかもしれない。まさか一番の話し相手が幽霊になるなんて、知ってたらこのバイトに応募しなかったのになー——。美久はそっとため息をついた。

守護霊刑事と変死体

1

「やばい……殺しちゃったの？」

美穂《みほ》は、震える声で言った。

彼はうなずきながら、倒れたまま動かなくなった小柄な男の、傍らに転がった物を手に取った。

それは、札束だった。おそらく一束百万円。それが三つもある。

「こいつ、なんでこんなに金持ってるんだ」

彼はそう言いながら、倒れた男のズボンのポケットをさらに探り、財布を抜いた。開いてみると、中に運転免許証があった。高峰章吾《たかみねしょうご》という男の免許証の写真は、倒れた男と同じ顔だった。

「俺に考えがある……。こいつが、店を出た後もまだ生きてたように見せかけるんだ。うまくやれば、別人でもごまかせるはずだ」

「うそ……店長、そんなことできる？」

心配そうに尋ねた美穂に、「店長」と呼ばれた彼は、うなずいて答えた。

「大丈夫だ、時間は十分にある。俺に任せてくれ。とにかく、お前はもう何も心配しなくていい」

「……分かりました」

美穂は、まだ恐怖で震えながらも、小さくうなずいた。

2

「ええ、昨日の朝、独鯉市四鯉《よつこい》の崖下で発見された男性の遺体ですが、身元が正式に確認されました」

独鯉署での捜査会議にて、鑑識係が報告した。

「高峰章吾、三十五歳。市内のマンションで一人暮らしをしていたとのことです。解剖の結果、死因は頭部を打ったことによる硬膜下血腫で、死後三、四日ほど経過していました。後頭部の傷に生活反応がありましたが、骨折などはなく、頭部以外にも傷はなく、崖の上からの転落死にしては不自然です。事故や自殺に見せかけるために崖下に放置された、他殺体の可能性も十分に考えられます」

続いて、内藤が報告する。

「高峰の周辺について調べました。彼は、勤務先の会社から、四日前に被害届を出されていました」

「被害届？　行方不明者届じゃないのか？」

佐門捜査一課長が聞き返すと、内藤は説明した。

「ええ。実は高峰は、経理部にいた立場を利用して、会社の金を横領していたようなんです。彼が担当した出金伝票に不自然な点が多く見られること、また会社の金庫内の金が不足していることに同僚が気付き、高峰の退勤後、その件を相談された上司が、『確認したいことがあるので明日の朝一番に自分のデスクに来るように』という内容のメールを高峰に送ったそうですが、どうやらそれで勘付かれてしまったようだとのことでした。高峰はその翌朝に行方をくらまし、昨日遺体で発見されました」

「なるほど、そんなことがあったのか」佐門一課長はうなずいた。「でも、高峰の財布も携帯電話も見つかってないんだよな？」

「はい、見つかってません。その点からも、何者かによる他殺が疑われます。ただ、同僚たちはみな、四日前の高峰が失踪した日も普通に勤務していて、高峰と連絡をとった形跡のある者もいなかったので、同僚の中に横領の共犯者や、高峰の殺害に関与した者がいる可能性は薄いのではないかと思います」

「高峰の足取りを調べたのは……」

「あ、我々です。まずは僕から報告します」

目黒が立ち上がって報告を始めた。

「高峰は四日前の朝九時頃、帽子を目深にかぶってマスクをして、ロングコートを着て、人目を気にした様子で自宅マンションを出ました。近くの公園でしばらく時間をつぶした後、歩いて十分ほどのファミリーレストラン『とっくりドンキー』に入ったのが九時半頃。そこを出たのは昼の十二時過ぎなので、三時間近く滞在していたようです」

続いて、高峰の携帯電話について調べた飯倉係長が報告した。

「高峰の携帯はまだ見つかっていませんが、電話会社に確認したところ、彼が最後に電話をかけた相手が分かりました。『裸《ラ》ッシュ泡《アワ》ー』というソープランドです。ラが裸で、アワが泡って書く……」

指で文字を書きながら、風俗店のふざけた名前を真面目に説明する飯倉係長に、厳粛な捜査会議の中でも、くすくすと笑いが起きた。

「高峰がこの店に電話をかけたのは、四日前の午前九時十五分頃でした」

「じゃ、ファミレスに入るよりも前ってことか」佐門一課長が腕組みして言った。

「ファミレスに長居したのは、ソープの予約が取れた時間まで、時間をつぶしてたのかもな。早い時間の予約を当日に取るっていうのは、人気の嬢だとなかなか難しいから……」

と言いかけたところで、佐門一課長ははっとした表情になって付け加えた。

「……って聞いてるけどな。俺はよく知らないけど、今までの捜査で、そういう店は、そうだって聞いたことあるからな。俺はよく知らないけどな」

一同が「一課長、絶対風俗通いしてた時期あるじゃん」と察して吹き出しそうになりながら、一斉に下を向く。

気を取り直して、高峰の遺体発見現場の周辺を捜査していた江川が報告した。

「遺体発見現場から一キロほど離れたラーメン屋『X麺《エックスメン》』に、高峰が夕方六時過ぎに入ってます。もう薄暗い時間でしたが、店の向かいの駐車場の防犯カメラに、発見された時と同じ、帽子にマスクにロングコートの姿が映ってました。一時間ほどいたようで、七時過ぎに店から出て、発見現場の方向へ歩いて行きました」

「一時間いたっていうのは、ラーメン屋にしては長めだな。……まあでも、ビールでも飲めば、不自然に長いというほどでもないか」

佐門一課長が言った。ついさっき、風俗知識をうっかり披露してしまったことへの動揺はみじんも感じさせない口ぶり。これぞ捜査一課長の貫禄だった。

「ファミレス、ソープ、ラーメン屋か……。まあ、他にも行ってるかもしれないが、まずは分かったところから聞き込みだ。そのうちのどこかで犯人と会ってたり、何か手がかりを残してるかもしれないからな。じゃ、聞き込みは大磯、頼んだぞ」

「あ……はいっ」

捜査一課長からの直々の指名に、拓真は緊張しながら敬礼した。――すでに、独鯉署管内で起きた事件は、拓真が聞き込みを担当することで解決につながるという成功パターンが出来上がり、早くも拓真は一目置かれるようになってしまった。これも天才刑事の血筋を継いだ者の宿命なのか。拓真は緊張感を覚えながらも、使命感を持って聞き込みに向かった。

『あら、すごいじゃないの。直々に指名されちゃって』

拓真の祖母であり守護霊である八重子は、拓真の様子を見て感嘆した。

もう聞き込みを一手に任されるようになったのだ。立て続けに二件、事件を解決に導いたからだろう。本当は私が解決してるのに、拓真ときたら、これも天才刑事の宿命なんだ、なんて勘違いしてなきゃいいけど。――八重子はそう思いながらも、孫の評価が上がっていくのはやはりうれしかった。

3

「う〜ん、覚えてませんねえ」

四日前、高峰章吾が家を出てから最初に行ったファミリーレストラン『とっくりドンキー』の店長、吉沢和巳《よしざわかずみ》は、高峰の社員証からコピーした顔写真を見ても、首を傾《かし》げるだけだった。

「挙動不審な男性客がいたような記憶とか、ないですかね」

拓真が尋ねるも、吉沢店長の答えは変わらなかった。

「四日も前のこととなるとねえ。私も出勤してたはずですけど……」

吉沢店長は、白髪交じりの頭を押さえてしばらく考えた後、聞き込みに来た拓真と江川に提案してきた。

「一応、パートのみなさんにも聞いてみますか?」

「あ、はい、お願いします」拓真は頭を下げた。

吉沢店長の案内で、店員たちにも話を聞いてみた。当日にシフトに入っていたパートタイマーの中年女性店員、笠木奈美子《かさきなみこ》、相良美穂《さがらみほ》、蛭田和子《ひるたかずこ》という三人がこの日も勤務していたが、結論から言うと何も収穫はなかった。四日前に来た、見た目にさしたる特徴のない三十代の男は、まったく印象に残っていなかったようだ。

「防犯カメラは、客席を映してるようなものはありませんか」江川が確認する。

「お客様の方を向いてるカメラはないですね。入口の外のカメラと、レジを映してるカメラだけです」吉沢店長が答えた。

「一応、確認させてもらっていいですか?」

「ああ、はい」

小柄できびきび動く吉沢店長の案内で、四日前の防犯カメラの映像を確認した。すると、高峰章吾の不自然な行動が映っていた。

レジでの支払いの際、高峰は女性店員に対し、財布から右手でクレジットカードを出しかけたのだが、それをすぐにしまって、紙幣を出し直したのだ。

「カードを使ったら、足取りを追われると思ったんですかね」

「家の近くのファミレスでカードが使われてるって分かったところで、追跡しようにも大したヒントにはならないけどな」

拓真と江川は、映像を見て感想を述べた後、吉沢店長に「ご協力ありがとうございました」と礼を述べて、店を後にした。


続いて拓真と江川は、コンビニで軽食を買って早めの昼食を済ませた後、ソープランド『裸ッシュ泡ー』を訪ねた。高峰章吾の自宅の最寄り駅から二駅離れた歓楽街にあった。

「このお客様は……ああ、マリカちゃんを指名されてますね」

拓真らに応対したのは、店長の椎名弘敏《しいなひろとし》と、黒服のボーイの井田竜樹《いだたつき》だった。井田は、高峰の電話番号と、四日前の予約表を照らし合わせた。

「マリカちゃんは、キャリアも長くて人気の女の子です。で、高橋さんはこの日、十四時半から十七時半の、百八十分のロングコースで指名されてます」

ボーイの井田が、四日前の予約表を左手のペンで指し示しながら言った。

「高橋さん……？」

拓真が聞き返すと、井田は怪訝な顔で言った。

「ああ、この番号の方ですよね」

予約表に『高橋』という客の名前とともに記された電話番号は、たしかに高峰章吾の携帯電話の番号だった。

「あ、偽名を使ってたのか……」拓真は納得した。

「まあ正直、こういう店で本名で予約を取る方は、あんまりいないでしょうね」

井田が苦笑した。拓真も事情を察しつつ、申し出た。

「もしできたら、マリカさんにもお話を聞きたいんですが、よろしいですか？　高峰さんが、マリカさんと二人きりの場で、自分の身の上について何か話していたら、それが手がかりになるかもしれないんで」

「ああ、えっと……どうしましょう」

小柄なボーイの井田が、大柄な店長の椎名を見上げて確認する。店長は、今日の予約表と、十二時半を過ぎた時計を見比べながら、渋々といった様子で言った。

「マリカちゃんは十三時から予約が入ってまして、準備とかがあるんで、できればお断りしたいんですけど……まあ、手短にだったら大丈夫です」

「すいません、お願いします」拓真と江川が頭を下げた。

店長の椎名が内線電話で、「マリカちゃん、悪いんだけど、ちょっと部屋入ってていい？　実は警察の人が来てて……」などと伝え、「じゃあ、こちらへどうぞ」と拓真らを案内した。階段を上って二階へ行き、ドアが並んだ薄暗い廊下を進む。

「こういうお店って、こんな感じなんですね」

拓真が小声で言ったが、すかさず江川が返した。

「おい、一度も来たことないみたいにとぼけるな。しらじらしいぞ」

「いや、ソープは本当に来たことないですよ」

「ソープはってことは、他の風俗は行ったことあるんだな」

「いや、そういうわけじゃなくて……」

なんて会話をしているうちに、店長の椎名が一番奥の部屋のドアを開けた。

「どうぞ」

「ああ、すいません」

部屋に入る。七、八畳ほどの部屋に簡易ベッドが置かれていて、奥にシャワーとバスタブがある。なるほど、ヘルスと違ってソープは浴室が一体化してるのか……

なんて感想は、拓真はもちろん口には出さない。江川にばれたくないし、今はそんな雑談をしている場合ではない。

そして、部屋の中には、薄手のキャミソールドレスを着た女性がいた。かなりの美人だ。客だったら喜ぶところだが、当然今はそういう場面ではない。

「マリカさんですね」拓真が確認する。

「ああ、はい……」彼女は、警察の来訪に少々怯《おび》えた様子でうなずいた。

「突然すみません。実は、四日前に来たお客さんについて教えてほしいんです。この人なんですけど……」

拓真がそう言って、高峰章吾の顔写真を見せる。

「ああ……この方は、何回か指名してくれてます。そうだ、たしかこの前来た時、すごいロングコースで入ってくれたんです。三時間ぐらいだったかな」

「ええ、そのようですね」

拓真がうなずいた。百八十分のロングコースだったと、先ほどボーイの井田にも聞いた。

「で、このお客さん、どうかされたんですか?」マリカが尋ねてきた。

「実は……遺体で発見されまして」

「えええっ」マリカは驚いた様子で、つぶらな目を見開いた。

「亡くなった経緯もよく分からなくて、事故かもしれないんですが、誰かに殺害された可能性も否定できないんです。それで、もしかしたらあなたに、手がかりとなるようなことを言っていたかもしれないと思いまして」

「いや、でも、時間が長かったぐらいで、いつもとあんまり変わらなかったと思います。このお客さん、口数も少ない方だったんで、普通にHして……あ、やばい、言っちゃだめなのか」マリカははっとした様子で口を押さえた。「えっと……お風呂のサービスをして、そしたら、雰囲気がよくなってきたので……」

　法律で売春が禁じられている日本で、実質的に売春が行われているソープランドが営業できている理由は、入浴施設で接待をするソープ嬢と客の間にたまたま恋愛感情が芽生え、本人たちの自由意思で性行為が行われている、という建前である。賭博が禁じられているのにパチンコ屋が存在しているのは、遊戯をして当たったら景品がもらえるパチンコ屋の近くに、たまたま景品交換所が存在していて、景品とお金を交換してくれる、というのと同じくらい強引な建前なのである。

「あ、大丈夫ですよ。それで摘発とかはしないんで」

　江川が言った。警察官が本来言うべきことではない気もするが、捜査に協力した店を摘発するなんてことはさすがにできない。

「あ、そうですか」マリカはほっとした様子でうなずいた。

「どんな些細《ささい》なことでもいいので、何か普段と変わった様子はなかったですか？」

江川が改めて尋ねると、マリカはしばし視線を宙に漂わせてから語った。

「う～ん……まあ、しいて言えば、三時間コースなのに、ほとんど何も喋らないで、ずっとHしてイチャイチャして、それだけだったのは珍しかったかもしれません。普通、ロングコースでとってくれるお客さんって、もっと会話を楽しんだりするんで。なんというか、本当に性欲解消のためだけに来たんだなって感じでした」

「ああ、なるほど……」

「すいません、もうよろしいですか。一時からご予約のお客様がいるので……」

店長の椎名が、部屋の壁の時計を指差した。

「ああ、そうでした」拓真がうなずく。

「あ、でも、また聞きたいことがあったら、いつでも来てもらって大丈夫ですよ」

マリカは気遣うように言った。

「すみません、ありがとうございました」

彼女からはこれ以上手がかりを得られなそうだったので、無理に長居しても仕方ないだろう。拓真と江川は部屋を出て、一階に戻った。

「あ、ところで、このお店には防犯カメラは……」

拓真が言いかけたところで、椎名店長が答えた。

「ああ、付けてないです。維持費がもったいないですし……正直、うちみたいな店は、お客様の方を向いたカメラがあると、それだけで入店をためらわれる場合もあるんで」

「ああ、なるほど……」

拓真は、風俗店特有の事情を察しつつ、江川とともに「どうもご協力ありがとうございました」と礼を言って店を後にした。


「で、この次に、ラーメン屋の『X麺』に行ったんですよね」

ソープランドを出て歓楽街を歩きながら、拓真が確認した。

「まあ、その間にどこにも寄ってなければな」江川が答える。

「でも、ソープは午後二時半から五時半のコースで、ラーメン屋に入ったのは六時過ぎ。で、ラーメン屋はここから約一キロとなると、たいした寄り道はしてないんじゃないですかね」拓真がメモを見ながら言った。

「まあ、たしかにそうか」江川がうなずいた。

二人で十分余り歩いて、最後の目的地の『X麺』に到着した。まだランチタイムではあったが、店内に客の姿はなかった。

「そういえば、ソープの聞き込みの前にコンビニでお昼済ませちゃいましたけど、ここで食べればよかったですね」

「そうだな。その方が話も聞きやすかっただろうし……」江川はスマホを見ながら言った。「あ、でも、この店三・〇か」

江川が、手に持っていたスマホの画面を拓真に見せた。

「星は三・〇で、レビューは一件もないや。最近できた店なのかもな」

グーグルマップに表示された『X麺』は、五点満点中三点という点数が二人から投稿されているだけだった。総投票数がこれだけ少なく、まだレビューがないということは、たしかに最近できた店なのかもしれない。

江川がスマホをしまってから、二人で店に入る。

「いらっしゃいませ」

小柄な男性店主は笑顔で出迎えたが、拓真が「すみません、ちょっとうかがいたいことがあるんですが」とポケットから警察手帳を出したのを見て、さっと表情が険しくなった。

「え、何ですか……」

「実は、四日前にこの店に寄った後、行方不明になったのちに遺体で発見された男性がいまして。えっと、この方なんですが――」

店主に高峰章吾の写真を見せながら、拓真が事件の概要を説明した。

「──というわけで、この男性について何か知っていることがあったら、どんな些細なことでも教えていただきたいんです。たとえばこの店で誰かと会っていたとか、電話で話してたとか、そういうことが分かれば捜査の手がかりになるので」

「う～ん……なんか見覚えがあるような気もするんですけど、はっきりとは覚えてないなあ」店主は首をひねった。「四日前でしたっけ？　その日にうちに来たことは間違いないんですか？」

「ええ、向かいの駐車場の防犯カメラで、この店に入ったのは確認できてます」

江川が答える。

「ああ、じゃあ来たんでしょうねえ」

店主はまったく覚えていないような表情だったが、それでも何かしらの手がかりを思い出してくれる可能性にかけて、拓真は尋ねてみた。

「この男性が、四日前の夕方六時頃に来て、七時頃までこちらで食事をしていたはずなんですが、何か会話したりとかしませんでしたかね？」

「いやあ、覚えてないなあ。申し訳ない」

店主はもう話を切り上げたがっているように見えた。それでも拓真は粘ってみる。

「六時から七時の一時間ぐらいって、ラーメン屋さんのお客の中では結構長居してた方だと思うんですけど」

「う〜ん、でも、瓶ビール頼んで、一人で静かに飲んでいくようなお客さんもいるんでね。一時間いる人は、そこまで珍しいってほどでもないですよ」

「ああ、そうですか……」

ここでも収穫は期待できないかもしれない。拓真と江川は、あきらめ半分で顔を見合わせた。

と、そこで江川が、頭上を見て言った。

「あ、あれは防犯カメラですよね」

「ああ、そうです」

レジの上にドーム型のカメラがあった。そういえば、このラーメン屋の防犯カメラの映像は、まだ確認していなかった。

「できたら、あの映像を確認させてもらいたいんですが」

「ああ……分かりました」

店主は、拓真と江川を奥の事務所に案内して、防犯カメラの映像を見せてくれた。パソコンを操作して、四日前の日付まで巻き戻す。意外と言っては失礼だが、その操作は滑らかだった。

すぐに、四日前の夕方から夜にかけての映像が再生された。まず、帽子を目深にかぶった高峰章吾が来店し、防犯カメラの画角をさっと通り過ぎる姿。それから約一時間後、店内からやってきてレジの前で立ち止まる姿。財布から左手で札を出して店主から釣り銭を受け取るその姿は、当然ながら店に入った時と同じ、目深にかぶった帽子にマスク、ロングコートという服装だった。

高峰が会計をする約十分前に、若い男性二人組の客が来店したようだが、防犯カメラが映しているのはレジの周辺だけなので、高峰と彼らが食事中に何らかのやりとりをしていたとしても分からない。ただ、その二人組が店を出たのは、高峰が店を出て二十分以上経ってからのことだったので、よもや彼らがこの後、高峰を殺害したとは思えなかった。

「どうも、ありがとうございました」

映像を確認して事務所を出た帰り際、拓真がカウンターの中を見て気付いた。

「あ、もう一人店員さんがいらっしゃったんですね」

拓真たちが来店した時は気付かなかったが、若い女性店員が一人、カウンターの中にいた。

「ああ、さっきは裏にいたんでね」

店主が説明して、女性店員が会釈をした。

「すみません、四日前のことなんですけど……」

拓真が彼女に話しかけようとしたが、すぐに店主が遮った。

「ああ、彼女は四日前は出勤してないです。シフトが休みでしたから」

「そうですか……。じゃ、最後に一応、お名前をお聞きしてよろしいですか」

拓真がメモを手にして言った。

「ああ、僕が店長の、小早川剛《こばやかわつよし》です」

店長の名前をメモした後、拓真は女性店員にも質問した。

「あなたは」

「……市川美穂《いちかわみほ》です」

彼女が答えた。二人の名前をメモした後、拓真と江川は「どうも失礼しました。ご協力ありがとうございました」と挨拶をして店を出た。

しばらく歩いたところで、言葉を交わす。

「いい女だったたな」

「たしかに、かなりの美人でしたね」

先ほどの女性店員、市川美穂についての感想を述べ合いつつ、すぐに話を戻す。

「しかし、結局ここでも、大した収穫はなかったたな」

「そうですね……」

浮かない顔で、二人は捜査本部への帰路についた。

二人の刑事が立ち去った後で、店長は言った。

「大丈夫だ。ばれなかったはずだ」

すると美穂は、思わず涙をこぼしてつぶやいた。

「怖かった……」

そんな美穂の肩にそっと手をやって、店長は力強く言った。

「俺がお前を守る、絶対にな」

4

「高峰章吾の辿《たど》ったルートに沿って聞き込みをしてみましたが、有力な手がかりは得られませんでした。高峰は、どの店でもこれといった特徴はなく、三時間のロングコースをとったソープでさえ、相手の風俗嬢とあまり会話をせず、ただ性欲を発散するだけだったということです。横領をした自分の今後について示唆するような話でもしてればよかったんですけど、どうやらそんなこともなかったようです」

夜の捜査会議にて、拓真が報告した。

「まあ、どんな店の店員でも、四日前の客となると、よほどの特徴がないと覚えてないだろうからな。死体がすぐ見つかって、翌日にでも聞き込みができてればよかったんだけどな」

佐門一課長はそう言った後、声をかけた。

「GPSの方はどうだった?」

すると、高峰のスマホの位置情報を追跡していた目黒が報告した。

「高峰はラーメン屋を出た後、森や田畑の中の細道を延々とさまよったあげく、夜九時頃にスマホの電源が切れて、以降はさっぱり消息が分かりません。遺体が発見された崖は、高峰のスマホの電源が切れた場所から一キロ弱の地点なので、自分の足で歩いた可能性も十分あります。ただ、いかんせん防犯カメラがないどころか、夜になったら人っ子一人歩いていないような田舎道なんで、スマホの電源が切れてからの足取りを解明するのは難しそうです」

「なるほど。案外、普通に崖から飛び降り自殺しただけだったりして……。いや、それはないか。傷が頭の一ヶ所だけで、骨折もしてないってのは、さすがに不自然だもんな」

佐門一課長が、少々疲れ気味の様子で、捜査資料を見ながら自問自答した。

「ところで、ソープで三時間も遊んでたっぷり金を使った後で、最後の晩餐《ばんさん》がラーメンっていうのも妙ですよね」

強行犯係長の飯倉が、沈滞した雰囲気を変えるように言った。

「よっぽどうまいラーメン屋なのかもしれないぞ」駒田刑事課長が返す。

「いや、そこまで評判の店でもないみたいです」江川が割って入った。「ネットで見たら、投票数二票の星三・〇で、レビューはゼロでしたから。最後の晩餐にしたくなるほどの評判の店だったら、もうちょっと星もレビューも付いてるはずですからね」

「ふうん、そういうもんなのか……」

と、そんな捜査会議中の雑談を聞きながら、拓真は密かに、資料の端に文字を書いていた。

高峰章吾が訪れた、三つの店。

ファミレスの『とっくりドンキー』、ソープランドの『裸ッシュ泡ー』、ラーメン屋の『X麺』。

この三つの店の頭文字を合わせると、T、R、X。

TRX、これはつまり……。

その時、拓真はふいに、ぞくっと寒気を覚え、思わず体を震わせた。

「ん、どうしたの大磯君」

隣の席に座る内藤が、拓真の異変に気付いたようだった。

「あ、いえ、何でもありません……」

拓真はそう答えながらも、この第六感ともいえる寒気に、予感を覚えていた。

これは何か裏があるのだろうか。事件の真相に迫っていながら、まだはっきりとは気付けていないということなのだろうか――。拓真は、T、R、Xの三文字に丸をつけた走り書きを見つめながら、じっと考え込んでいた。


『何がTRXだよ！　そんなの何の意味もないわ！　いくら何も思い浮かばないからって、妙な脱線してるんじゃないよ！』

八重子は呆れながら、孫の拓真の頭を叩いた。もちろん幽霊なのですり抜けてしまうのだが。

拓真はまた、大事な鍵を見逃している。今まさにその話題になっているのに、拓真も、聞き込みに同行した江川も何も言い出さないということは、あの重要な手がかりに気付かなかったということだ。まったく、いつもながら、ここの刑事たちの勘の鈍さには呆れるばかりだ。

大事な手がかり。それは――ラーメン屋の『X麺』にあったのだ。

『ってわけでね、また拓真が自分では気付けそうもないから、美久ちゃんにお願いしたいのよ』

『ああ、はい……』

エミリーマート独鯉警察署前店で働く杉岡美久のもとに、また八重子がやってきた。これで三度目だ。

『今回はねえ、拓真に二つのことに気付いてもらわなくちゃいけないの。まずは美久ちゃんの制服をね……』

八重子は説明を進めていく。もう美久が断ることもない前提で話が進んでいる。なんだか、だんだん図々しくなっているようだ。それに、八重子は最初は美久のことを「杉岡さん」と呼んでいたのに、いつの間にか「美久ちゃん」と、なれなれしい呼び方に変えてきている。

でも、幽霊の頼みを断って、後で霊的な嫌がらせでもされたら面倒だし、やるしかないか……。美久は仕方なく、八重子の演技指導に従った。

5

翌朝。

今日も捜査本部からのスタートだ。正直、捜査は壁にぶち当たっているけど、なんとか手がかりを見つけて壁を越えていくしかない。——拓真はそう思いながら、朝食を買いに、独鰥署の向かいの行きつけのエミリーマートにやってきた。

考え事をしている上に朝方で寝ぼけていたせいか、店の外のゴミ箱に膝を思い切りぶつけて、「いたたた」と呻きながら足を引きずって店の前を小さく一周するという、ちょっとしたアクシデントはあったが、それを乗り越えて店に入り、おにぎりとお茶を選んでレジに持って行く。

するとそこで、異変に気付いた。

レジの中に、黒いTシャツ姿の女がいて、レジの後ろの棚をごそごそと探っている。もしかして泥棒か何かだろうか……。

と思ったら、振り向いた女性は、いつもの女性店員の杉岡さんだった。

「あ、いらっしゃいませ」

「あ……どうも」

なぜ私服なのだろう、と拓真が不審がる様子に気付いたのか、彼女は弁解した。

「あ、すいません、さっきバックヤードで力仕事してて、暑くてユニフォーム脱いじゃってました。ちょっと待っててください」

彼女はレジを出ると、マジックミラーがはまった銀色の扉を抜けていったん裏に行き、すぐエミリーマートの制服を着て戻ってきた。

「すいません、私服の人がレジの中にいたから、部外者かと思っちゃいましたよね」

「ええ、まあ、正直……」

拓真は苦笑した。まさにその通りだった。

「服装って大事ですよね。Aさんは当然この服を着てるはずだっていう思い込みがあったら、仮にBさんがその服を着てたとしても、Aさんだと勘違いしちゃう、みたいなこともありますよね」

杉岡さんは、なぜかまた、誰もいないはずの右側にちらちらと目を向けながら、少々棒読みのような口調で語った。

ただ、その話を聞いて拓真は、何かとても大事なことを言われたような気がしていた。

「すいません、お待たせして。お会計しますね」

「あ、はい……」

そんなやりとりも上の空だった。何かに気付かなければいけない気がする。拓真はずっとそんな思いにとらわれていた。

「四百八十六円です」

杉岡さんに言われて我に返り、財布を出して代金を支払う。

と、そこで再び、杉岡さんに声をかけられた。

「ところでお客さん、右利きですか？」

「ああ、はい……」

「お金を出す時、ほとんどの人が利き手で出すんですよね。逆の手でやるのって意外と難しいらしいですよ」

その言葉を聞いて、パズルの最後のピースが見つかったような感覚をおぼえた。

「……そうか、そういうことか！」

拓真はおにぎりとお茶を手に、店から駆け出した。

「あ、ちょっと、お釣り！」

杉岡さんに言われて、拓真は振り向いて叫んだ。

「とっておいて！」

すぐに確認しなければいけないことがある。拓真は職場へと急いだ。


『ありがとう。たぶんこれで拓真も気付いてくれると思うわ』

走り去った拓真の後ろ姿を見送った後、八重子が言った。

『店に入る前にゴミ箱に脚ぶつけたりしなければ、もっとよかったんだけどね』

『あ、そんなことあったんですか？　私、レジの後ろを向いてスタンバってたから気付かなかったです』美久が言った。『でもそういえば、八重子さんが来て、もうすぐ拓真が入ってくるよって言われてから、しばらく時間空きましたね』

『あの時、ゴミ箱に脚ぶつけて、店の前でしばらく痛がってたのよ。まあ、あの子にとっては日常だけどね』

八重子が呆れて笑ってから、ふと言った。

『あ、でも、そういえば今日は拓真、ちゃんと買い物したわね』

『それどころか、お釣りまでくれました』

美久がそう言って、拓真が受け取らなかったお釣りを掲げた。

『まあ、十四円ですけど』

『お釣りとっておいて、なんて柄にもないこと言って……。もうちょっと大金だったら格好良かったんだけど、十四円じゃ大して格好もつかないわね』

八重子が苦笑した。

6

それから数日後。独鯉署の取調室にて。

「やっぱり、逃げ切れなかったですね」

美穂は悲しげにつぶやいた後、語り出した。

「あの人は、前から何度も来てました。たぶん、十回以上は来てたと思います。しつこく口説いてきたこともあったし……正直、気持ち悪いなって思ってたんです」

視線を落とし、少し声を震わせながら、美穂は語る。

「で、あの日です。またやってきたあの人は、突然札束を見せてきて、この金で今すぐ俺と一緒に旅に出ようって、血走った目で言ってきたんです。そんなことできるわけないから断ったら、いきなり殴ってきて、無理矢理私の脚を開かせて……」

美穂はそこまでで言葉を切った。取り調べを担当する内藤が、悲しげな顔であいづちを打つ。

「それで、店長を呼んだのね」

「はい。あいつを振りほどいて『助けて！』って叫んだら、すぐ店長が飛んできて、あいつを投げ飛ばしたんです。そしたら、倒れた時に頭を打ったみたいで……。店長、学生時代に柔道をやってたんです。懲《こ》らしめようと思ってぶん投げたら死んじゃったんで、正当防衛にはできないと思うし、もし正当防衛が認められたとしても、暴れた客を死なせたとなったら、店はやっていけないだろう。――そう言って、店ぐるみで隠すことになったんです」

美穂は涙ぐんで、鼻をすすった。

「店長は言ってくれました。こっちで全部やるから、お前は何も心配しなくていいって。だから私、分かりましたって言って……今考えれば止めるべきだったのに」

そう言って、ソープランド『裸ッシュ泡ー』のマリカ――本名、西脇《にしわき》美穂は、涙を一筋流した。

店長の椎名弘敏とボーイの井田竜樹も逮捕され、彼らの供述も合わせて、事件の真相が明らかになった。

「あいつ、前からずっとマリカちゃんを指名してました。店外デートに誘われたりして気持ち悪いって、彼女から相談はあったんですけど、やっぱり太客《ふときやく》だったし、そこまで悪質ってほどじゃないかと思って、我慢させちゃったんです。……こんなことになるって分かってたら、絶対出入り禁止にしたのに」

店長の椎名が無念そうに言った一方、ボーイの井田は最初から不服そうだった。

「俺は店長に言われてやっただけです。店長は体でかいけど、俺はあの男に似て小柄だったから、『こいつになりすませるのはお前しかいない』って言われて、死体の服を着させられて……マジで嫌でしたよ。財布の中にラーメン屋のポイントカードが入ってたから、とりあえずこの店まで行ってこいって言われたんですけど、ラーメン屋の次にどこに行くかとか聞いてなかったから、何度も店長に電話したんです。なのに全然出てくれなくて、しょうがないからあのラーメン屋に一時間ぐらいいましたよ」

一方、店長の椎名も、その点に関しては不満げだった。

「井田ときたら、俺が苦労してる時に、何度もしつこく電話してきたんですよ。こっちは店の裏口から下着姿の死体を運んで、とりあえず俺の車に乗っけて、しばらく見つからなそうな死体の捨て場所を探して、すぐまた店番に戻って……って、色々大変だったんですからね。まあ井田には、井田自身のケータイと、あの男のケータイを二台持ってもらって、あの男がまだ生きてたように見せかけるっていう役目がありましたから、井田は井田で大変だったとは思うんですけど、こっちは店番もしてたんだから、もうちょっと俺の苦労も考えてほしかったなあ……」

その後の椎名店長の供述によると、ボーイの井田は、彼自身のスマホで椎名と連絡をとりながら、高峰章吾の遺体発見現場となった崖付近の林道を夜までさまよい、最後に高峰のスマホの電源を切った上で、椎名の車でピックアップされて店に戻ったのだという。高峰の遺体は、改めて服を着せられた上で捨てられ、高峰の財布とスマホは、翌朝に椎名がゴミとして出した。こうして、実際の殺害現場であるソープランドを出た三時間以上も後に、高峰の足取りが途絶えたかのように見せかけたのだ。即席の計画にしては上出来で、警察は見事にだまされてしまったのだ。

椎名店長は、ため息をついた後、話題を変えた。

「あの野郎が持ってた金は、一応店の金庫にとっておいて、ヤバい金じゃなかったら後で使っちまおうって言ってたんです。井田とマリカちゃんには、大変な思いをさせたから、とりあえず十万ずつやったんですけど……。でも、やっぱりヤバい金だったんですね。まったく、あいつが横領なんかしやがったから、しかもその金でマリカちゃんを自分のものにしようなんて、クソみたいなこと考えるから……」

椎名店長がうつむきながら愚痴る取り調べの様子を、拓真と江川と内藤が、マジックミラー越しに見ていた。

「殺したことの反省の弁が出てこないのはどうかと思うけど、たしかにあいつも、言ってみりゃ被害者みたいなもんですよね」江川が言った。

「警察がソープランドの経営者の肩を持つのも違うけど、誰が一番の悪者かって言ったら、殺された高峰がぶっちぎりで悪いもんね。あいつが犯した罪のせいで、彼らも巻き込まれちゃったわけだから」

内藤がそう言った後、隣の拓真に声をかけた。

「それにしても大磯君、高峰が途中から入れ替わってたことに、今回もよく気付いたね」

「ああ、いや、どうも……」拓真は謙遜気味にうなずいた。

「やっぱり、天才刑事の洞察力が遺伝してるんだな」江川がそう言って笑った。

それが全然遺伝してないのよ。毎回苦労してヒント出してるんだから。――八重子は、拓真たちの会話を聞きながら苦笑していた。

八重子は、ファミレスの『とっくりドンキー』と、ラーメン屋の『X麺』のレジの防犯カメラの映像で、高峰章吾が財布から金を出す時の手が逆になっていることに、いち早く気付いた。『とっくりドンキー』では右手、『X麺』では左手だったのだ。その間に高峰章吾は殺され、同じ服を着た別人が入れ替わった可能性があると、八重子は即座に推理した。

ただ、ソープランド『裸ッシュ泡ー』の店員もマリカ嬢も、高峰章吾の写真を見て、たしかに四日前に来店したと証言していた。彼らが「この人は四日前には来てませんよ」と言っていたなら、来店前に高峰が殺されて入れ替わっていた可能性もあるだろうが、店に来たと証言した以上、彼らが嘘をついていて本当は高峰を殺しているか、高峰は『裸ッシュ泡ー』を出て『X麺』で会計をするまでの間に殺されたかのどちらかになる。ただ、『裸ッシュ泡ー』を出てから『X麺』に着くまでの時間的猶予はなく、またラーメン屋はいつ客が入ってくるか分からないし、実際に当日も別の客が入ってきたのに、店内で殺人を成功させられたとは思えない。一方、ソープランドは当然ながら密室だし、客が自ら服を脱ぐわけだし、『裸ッシュ泡ー』には防犯カメラもないので、客を殺して服を奪ってなりすますのも簡単。そう考えると、高峰は『裸ッシュ泡ー』で殺された可能性がきわめて高いと思った。

そこで八重子が思い出したのが、『裸ッシュ泡ー』のボーイの井田竜樹が、聞き込みで訪れた際に左手でペンを持っていたことだ。珍しいので印象に残っていたのだ。左利きの彼が、高峰になりすましていたのだろうと容易に推理できた。

あとは、その旨を伝えるために、美久に頼んで八重子の言葉を復唱してもらって、拓真にヒントを出すだけだった。まずレジの中で私服になっている美久を見せてから、「Aさんは当然この服を着てるはずだっていう思い込みがあったら、仮にBさんがその服を着てたとしても、Aさんだと勘違いしちゃう、みたいなこともありますよね」と言わせたり、その後の支払いの時に「お金を出す時、ほとんどの人が利き手で出すんですよね。逆の手でやるのって意外と難しいらしいですよ」と言わせたり――ここまで直接的だと、もはやヒントというよりほぼ答えだったけど、拓真はそれを聞いて、防犯カメラに映る高峰章吾が途中で入れ替わっているという真相に気付いてくれたのだった。

その後の捜査は、八重子の推理と同様に進んだ。高峰章吾が殺されて別人と入れ替わった場所は『裸ッシュ泡ー』である可能性が最も高いという結論に至り、ボーイの井田のスマホの移動履歴を調べたところ、高峰章吾の移動履歴とぴたりと一致したため、井田が高峰になりすましていたのだと分かったのだった。

『……ってわけで杉岡さん、今回もありがとうね』

八重子はいつものように、事件解決を杉岡美久に報告しに行った。

『いえいえ……。ていうか、大丈夫ですか？　息子さん放っておいて』

美久が、雑誌の陳列を整えながら、心の声で言った。

『ああ、今はちょうど、大きな事件は起きてないから大丈夫。家に帰ればまた合流できるから』

八重子はそう答えた後、付け足した。

『拓真たちは今日は、ラーメン食べに行ったみたい』

『ラーメン？』

『捜査でちょっとラーメン屋さんに寄ったのよ』


「いらっしゃい！」

拓真と江川が『X麺』に入店すると、出迎えた店主がはっと目を見開いた。

「ああ、この前来た刑事さんたちですよね？　ニュース見ましたよ。あの、横領した男がソープで殺された事件の捜査だったんですね」

「ああ、そうです」

拓真が正直に答えた。もう秘密にしておく必要もない。

「逮捕された女の下の名前が美穂っていって、うちのバイトの子と一緒だったんで、彼女ビックリしてました」

店主が言った。ちなみに今日は、カウンターの中には店主が一人だけだった。

「ああ、そういえばそうでしたっけ。まあ多い名前ですからね」

拓真があいづちを打ちながら、江川とともにカウンター席に座る。まだ夕食時には早いこともあってか、他に客はいなかった。

「この前は捜査でお邪魔しただけでしたけど、せっかくだから食べに来たいと思ってたんですよ」

江川の言葉に、店主は笑顔で応じた。

「それはありがとうございます。ご注文は？」

「おすすめってあります？」

「特製X麺ですかね」

「じゃ、それで」

「僕もそれで」拓真も続く。

「ありがとうございます！」

それから店主は、きびきびと手際よくラーメンを作った。

「はい、お待たせしました！」

ほどなくして完成したラーメンを受け取り、拓真と江川は「いただきま～す」と笑顔で声を揃え、ラーメンを口に運んだ。

一口食べ、拓真と江川は顔を見合わせた。

――約二十分後。

「ありがとうございました～」

店長に笑顔で見送られ、店を出て扉を閉めたところで、江川と拓真は声を潜めて言い合った。

「いやあ……まずかった～」

「ですよね！」

早足で店から遠ざかりながら、二人で感想を語り合う。

「麺はブヨブヨだったし、スープは麺の茹で汁かと思うぐらい薄かったし、チャーシューなんて、スポンジ食ってるのかと思うぐらいパサパサだったな」

「カップラーメンでどんなに失敗しても、あれよりはうまくできますよね」

「おかしいな。たしかネットでは星三・〇だったんだよ。でも、どう考えてもあの味は、星一つだよな」

「ヤラセだったんですかね？　飲食店のレビューのヤラセって、よくあるっていいますし」

「でも、ヤラセだったら普通、もうちょっと点数高くするよな……」

そう言いながら、江川はスマホをしばらく操作して、「あっ」と声を上げた。

「前見た時はレビュー付いてなかったけど、一件付いてる。しかも、こんなことが書いてあるよ」

江川が差し出したスマホの画面を、拓真も見た。そこには、こんなレビューが書き込まれていた。

『ラーメン自体はビックリするほど激マズだけど、バイトの女の子が超可愛い。たぶん常連客の大半が彼女目当てで来てる。ラーメンの点数が1（本当は0でもいいぐらい）で、バイトの子が可愛いから星5つ。間をとって星3つ』

他の二人の投稿者も、レビューは付けずに、星三つを投稿していた。

「ああ……これは、今日いなかった、あの店員さんのことですね」

「例の美穂っていう子な。たしかに美人だったよ」

「まさか星三つっていうのが、こういう理由だったとは……」

「おい大磯、こういうことも来る前に推理してくれよ」

「いや、それはさすがに無理ですよ～」

拓真と江川は、肩を落としながら家路についた。

守護霊刑事と誘拐

1

「ここで前半終了です。日本対オーストラリア、前半は〇対〇で折り返し……」

非番の日の夜。拓真は家で、サッカー日本代表戦を見ていた。

普段はそこまで興味がないのだが、職場の独鯉警察署の向かいの、行きつけのコンビニに「エミリーマートはサッカー日本代表を応援します」というポスターが貼ってあり、そこに書いてあった試合日程がいつしか頭の中に刷り込まれていたので、ついその時間にテレビをつけていた。エミリーマートは昔からサッカー日本代表の公式スポンサーで、代表戦の日には店員が日本代表のユニフォームを着ていたりもする。もっとも、エミリーマートでバイトしていた拓真の大学時代の友人は「あれポケットが少なくて不便だから着たくないんだけどね」と言っていたが。

あの店は、拓真にとって特別な場所だ。あの店に行くと、不思議と事件の真相に気付いてしまうのだ。毎回、そのヒントを与えてくれるのは、杉岡さんという若い女性店員だ。

杉岡さんは、拓真にとって、もはや天使のような存在になりつつある。

なんだか最近、彼女のことを考えると、胸がどきどきするのだ。

これって、もしかして――。

なんて考えていた、ハーフタイムのＣＭ中。拓真の携帯電話が鳴った。画面を見ると、独鯉署からの着信だった。その時点で、どんな用件かは察していた。

「はい、もしもし」

「大磯、休み中悪いが、事件だ。すぐ来てくれ」

飯倉強行犯係長の言葉は、やはり予想通りの内容だった。

「あ、はい、分かりました」

拓真は背筋を伸ばして答えた。すると飯倉係長が、重々しい声で言った。

「若い女性が行方不明になった。誘拐の可能性もある」

「誘拐ですか……」

これからしばらく忙しくなりそうだという予感は、すでに漂っていた。


『誘拐？　今時珍しいわね』

電話する拓真の傍らで、拓真の祖母であり守護霊である八重子は、驚いていた。

誘拐、とりわけ身代金目的の犯行に成功の見込みがあったのは、大昔の話だ。八重子の若かりし頃は、犯人からの通話を引き延ばして逆探知しないと相手の電話番号が分からなかったし、防犯カメラなんてものはどこにもなかったし、今と比べてはるかに誘拐犯がやりたい放題できた時代だった。でも今は、電話は必ず通話履歴が残ってしまうし、至るところに防犯カメラがあるし、身代金の受け渡しなんて成功するはずがない。誘拐を描いた名作、黒澤明監督の『天国と地獄』なんて、今の世の中で同じことをやったら、「はい君が犯人だね」と若き日の山崎努があっさり逮捕されて、たぶん映画は数分で終わってしまう。ピンク色の煙の名シーンだって一切なしだ。

そんな現代に誘拐だなんて、犯人がただの馬鹿であっさり解決できればいいけど、そうじゃなかったらかえって厄介な事件になっちゃうかもね——。八重子の懸念は、現実のものとなってしまうのだった。

2

「お願いします、娘を救ってください！」

玄関先で峰原彰彦《みねはらあきひこ》は、ゴルフ焼けした頬に涙を一筋流しながら、年の割に不自然なほど黒髪が豊かな頭を、深々と下げた。

「こちらこそ、全力を尽くします」飯倉係長も深々と頭を下げ返す。

その様子を庭から遠目に見ながら、目黒が拓真にささやいた。

「相手によって態度変えちゃだめなんだけど、やっぱり係長も普段より丁寧だな」

「たしかに、関係者にあそこまで頭下げる係長も珍しいですよね」拓真もうなずいた後、周りを見渡す。「それにしても、外から遠目に見たことはあったけど、入ってみるとすごい豪邸ですね」

家の照明と街灯では照らしきれないほど広大な庭の周りに、防犯カメラがいくつも設置されている。さすがに敷地のすべてをカバーしきれてはいないようだが、防犯センサーがオンになっていれば、警備員がすぐに駆けつけてくるらしい。

この豪邸の主、峰原彰彦は、独鯉市を中心にU県内外の不動産業で財を成し、貿易会社や飲食店やホテル経営なども手広く展開する実業家だ。行方不明になったのは、峰原彰彦が最初の妻との間にもうけた、一人娘の玲華《れいか》。地元のU大学の二年生で、現在二十歳だ。玲華の母親が亡くなった後、彰彦は再婚したが、その相手とも離婚し、現在は玲華との二人暮らしということだった。

峰原家は、独鯉海岸から北に約二キロの、天気がよければ海を一望できるという高台に構えられた広大な豪邸だ。民間警備会社の事務所が、峰原家の警備のために設けられたらしいと噂されるほど近所にあり、侵入者に対するセキュリティは万全だったが、家族が家から出かけてしまうと、人けのない田舎の危険な面が如実《にょじつ》に出てしまった。午後六時頃、辺りが暗くなってから飼い犬の散歩に出かけた玲華は、それっきり帰宅せず、七時前に飼い犬だけがリードを引きずって帰ってきた。そして、その数分後に峰原彰彦が帰ってきた。——これが現時点で判明している、峰原玲華の失踪に関する全情報だった。

「泊まりの出張から帰る前に、今夜は寿司でも取ろうって玲華にLINEをしたら、その前に犬の散歩をしておくっていう返事がありました。でも、それっきり何の連絡もなく、犬だけが帰ってきたんです。きっと玲華は、犬の散歩中に誰かにさらわれたんです。お願いします、なんとしても見つけてください！」

峰原彰彦は、もう一度刑事たちに向かって、何度も頭を下げた。娘を思う必死な気持ちがひしひしと伝わってきた。

——と、思ったのだが。

峰原彰彦は、顔を上げると、いきなりこんなことを言い出した。

「分かってるとは思いますが、私はその辺の一般人とは違う、特別な市民ですからね。私が毎年納める税金が、あなたたち何百人分の年収に匹敵してるか考えたら、この事件は他の雑多な事件より優先して捜査してもらわないと困りますよ。『見つけられませんでした』じゃ納得できないですからね」

「あ……はい……」

警察官一同が絶句した。絵に描いたような性格の悪い金持ちだ。そんなことを言って士気が下がることはあっても上がることはないから、絶対に言うべきではないことぐらい分からないのか――。拓真も若手ながら、警察官として多種多様な人間を見てきたが、ここまでのバカネモチに遭遇したのは初めてだった。

とはいえ、若い女性の失踪は、父親が有力者であろうとなかろうと重大事案だ。多くの警察官が投入され、行方が捜索された。

だが、その後の捜査は難航した――。

峰原玲華のスマホの電源は、午後六時半頃に、家から西に数百メートル離れた地点で切られていた。その地点が拉致現場とみられたが、そこは周りに人家がほとんどない田舎道で、防犯カメラも目撃者も皆無。飼い犬を連れて家を出た玲華の姿が峰原家の防犯カメラに映ったのが、確認できる彼女の最後の姿だった。一方、拉致現場の約一キロ先でつながる国道は、逆に交通量が多すぎて車一台ずつの照合は困難で、ナンバーを照合できるNシステムは周辺には設置されていない。――つまり、玲華が車で拉致されていた場合、行方を絞り込むのは困難といえる状況だった。

「こうなると、峰原家に恨みを持つ人間をしらみつぶしに当たるしかないな。人間関係の線はどうなってる?」

失踪翌日の捜査会議で、駒田刑事課長が声をかけた。だが、飯倉係長がおずおずと返す。

「正直言いまして、全員を当たるのはとても無理な状態でして」

「ん？　どういうことだ」

「峰原彰彦に恨みを抱く人間を、本当に全員洗っていたら、下手したら何千人という規模になってしまいます。地方名士ではありますが、率直に言って、商売の仕方があくどいというか、そういう話はこの辺では有名ですし、人間的にも大いに問題があるようで……。実は、私の知人に峰原の会社の元社員がいるんですが、峰原は社員たちから陰で、『ハラスメントのデパート』とか、『峰ハラスメント』なんて、さんざんな呼び方をされてたみたいです」

「ああ、なるほど、そうなのか……」

駒田刑事課長が唸《うな》った。彼は昇進とともに独鯉署に異動してきたので、独鯉市内の状況にそれほど明るいわけではない。

「じゃ、しらみつぶしに当たるのは難しいとして……峰原家に恨みを持つ大勢の人間の中で、特に恨んでそうな人間はいないか？」

「一応、現時点で四人挙がってます」

飯倉係長が、そこから資料をもとに、四人の人物を紹介した。

「一人目が、峰原貿易の元社員の淀川弘道《よどがわひろみち》、三十九歳。彼は十年前に峰原貿易を不当解雇されたと主張して、峰原彰彦を相手に裁判を起こしましたが敗訴しています。今は転居して別の企業で働いていますが、裁判費用が重くのしかかってるようです。

二人目は、独鯉市を中心に複数の飲食店を経営してきた、大石一平《おおいしいっぺい》、五十七歳。かつては七店舗も経営したんですが、新規参入してきた峰原が、大石の経営する店の近くにことごとく出店して客を奪い、半分以上の四店がつぶされたそうです」

飯倉係長が、一息ついてさらに続ける。

「三人目は、峰原玲華の元交際相手である梶本瑛樹《かじもとえいき》、二十歳。彼は玲華の行きつけの喫茶店でアルバイトをしていたことから、玲華と知り合い交際を始めたのですが、フリーターでは玲華と付き合う資格がないなどと彰彦に言われ、強制的に別れさせられたそうです。玲華をさらうという点では、最も直接的な動機があると言えるでしょう。そして四人目が、彰彦の前妻である枝村知佳子《えだむらちかこ》、四十五歳。今は隣町でスナックを経営していますが、離婚の際の慰謝料の金額に不満があったらしく、常連客には常々、彰彦の悪口を漏らしているとのことです」

「よし、この四人を集中的に洗うぞ」駒田刑事課長は鼻息荒く言った。

しかし、結論から言うと、この四人はいずれも空振りだった。

拓真は四人への聞き込みを担当したのだが、四人ともアリバイが確認されたのだ。

まずは峰原貿易の元社員、淀川弘道。現在の勤め先の会社に聞き込みに行ったところ、彼は峰原玲華の失踪当日の行動について答えた。

「ああ、その日は残業してましたよ」

タイムカードや社内の複数の防犯カメラで、たしかに彼が夜七時頃まで残業していたことが裏付けられた。峰原玲華が失踪したのは六時半頃。しかも淀川弘道の現在の勤め先は、峰原玲華が失踪したと思われる現場から、西の内陸側に二十キロ以上も離れている。強固なアリバイがあると言ってよかった。

「峰原家の娘が行方不明になってるって話は聞いてますよ。警察が僕に話を聞きに来たってことは、疑われてるんだってことも分かってます。そりゃ、一度裁判までしたわけですし、今でもあれは不当解雇だったと思ってますからね。――無礼講だって言われてた峰原貿易の忘年会の出し物で、僕は女装して、オネエ系タレントみたいな、ドラァグクイーンみたいな毒舌のノリで、会社に対する不満を言ったんですよ。有休が全然取れないとか福利厚生制度が使いづらいとか、みんなが思ってることをね。社員には大ウケでしたよ。自慢じゃないけど僕、女装が似合うんで」

たしかに淀川弘道は、身長こそ百八十センチ近くあるが、髭が薄く肌もきれいで、中性的な顔立ちをしていた。そんな顔をしかめて彼は語った。

「なのに峰原社長ときたら、それ以来僕を冷遇し始めて、最終的にクビにしたんです。裁判では、あたかも他に理由があったように言ってましたけど、実際は忘年会の出し物に怒ってクビにした、ただそれだけだったんですよ。本当に器の小さい社長だと思いますよ」

淀川弘道は一瞬だけ怒りを露《あら》わにしたが、すぐ落ち着いたトーンに戻った。

「でもね、結果的に僕は今の会社に再就職して、前よりずっといい待遇で働けてるんですよ。おまけに去年結婚して、今は大事な妻もいるんです。裁判費用もどうにか払い終わったし、嫌な思い出とはいえもう過去のことなんだから、なんで今さら罪を犯して、人生を棒に振らなきゃいけないんですか」

淀川弘道は拓真の聞き込みに対して、心底馬鹿馬鹿しいといった態度で語ったのだった。

続いて、大石一平。かつて七店舗も経営していた飲食店が、新規参入の峰原の店にことごとく客を奪われ、半分以上の四店がつぶれてしまった――というのは事実だったが、当人は意外とさっぱりしていた。

「まあ、飲食業は弱肉強食の世界だからね、仕方ないと思ってますよ。別に峰原さんを恨んだりはしてません。残ってる店は、どうにか逆境にも耐えて、テイクアウトも充実させて黒字を維持してますからね」

また、大石一平は、峰原玲華の失踪時刻のアリバイも、淀川弘道ほどではないにせよ、確かなようだった。彼は玲華の失踪当日、自身の経営するステーキレストランにいて、その店は玲華の失踪現場から南西へ約一・五キロの距離だった。比較的近いとはいえ、店のレジを映す防犯カメラに、客の会計をする大石一平の姿がたびたび映っていた。彼ほどきれいに禿げ上がった頭の店員は他にいないので、見間違えようがなかった。また、店の裏の駐車場の防犯カメラの映像でも、大石一平や他の従業員の車が閉店まで動いていなかったことが確認できた。

「峰原さんの娘さんがいなくなっちゃったとは聞いてます。まあ、私が疑われたのはちょっと心外ですけど、捜査なんだから仕方ないですよね。どうか犯人が捕まることを願ってます。頑張ってくださいね」

聞き込みの最後にそんな言葉までかけてきた大石一平は、おおよそ拉致などする人間だとは思えなかった。

さらに、峰原玲華の元交際相手である梶本瑛樹。彼にも犯行は不可能なようだった。彼は聞き込みに対してこう答えたのだ。

「玲華がいなくなったっていうのは、友達からＬＩＮＥで聞いて知りましたけど、僕その日、バイトだったんで」

たしかに梶本瑛樹は、峰原玲華が失踪した日の午後四時から十時の閉店まで、現在の勤務先であるカー用品店でアルバイトをしていた。店は玲華の失踪現場の二キロほど北という、遠からずといった距離ではあったが、店内の多数の防犯カメラで、梶本瑛樹が玲華の失踪時刻の前後もずっと店にいたことが確認できた。

また、彼が峰原彰彦によって強制的に玲華と別れさせられたという噂があったが、本人に聞いたところ、少し事情が違うようだった。

「たしかに玲華の父親から交際を反対されましたよ。でも、僕が本当に嫌だったのは、そんな父親から自立できてない玲華の態度だったんです。『お父さんがあなたと別れろって言うんだけど、どうしよう』とか言ってきて、もう大人なのに自分の意思はないのかって思っちゃったんですよ。最終的には僕から別れを切り出しました。もちろん未練もないですよ。お嬢様育ちの子と付き合っても、デートで金出してもらえることぐらいしかメリットがなくて、気疲れすることの方が多いって勉強になりました」

梶本瑛樹は、拓真の聞き込みに対し、長い前髪をかき分けながら、表情の乏しい顔でさばさばと語った。

そして最後に、峰原彰彦の前妻の枝村知佳子。やはり彼女も、峰原玲華の失踪時刻には、玲華の失踪現場から西に十キロ以上離れた自らのスナックの店番をしていたことが、店内の防犯カメラで確認できた。また、彼女が離婚慰謝料の金額に不満を持っていたという証言もあったが、実態は少し違ったようだった。彼女はただでさえ大きなマスカラたっぷりの目をいっそう見開いて、興奮気味に語った。

「やだわあ。私が峰原を恨んで玲華ちゃんをさらったなんて、そんなことありませんよ。慰謝料だってね、そりゃ常連のお客さんに対しては、『少なかった』とか『大金持ちの割にケチだった』なんて誇張して言ってるけど、あれは盛り上がるから言ってただけ。実際は結構な額をもらって、この店の開店資金にしてもたっぷりお釣りがきたぐらいなんだから」

また彼女は、聞き込みの最後にこうも言っていた。

「私ね、最近彼氏ができたのよ。常連さんだったんだけどね、今は半同棲みたいな感じ。なのに、前の夫の連れ子を誘拐なんてするわけないでしょ。玲華ちゃんのことは心配だけどさ、案外ただの家出かもよ。あんな口うるさい、金持ってる割に器の小さい父親と二人で生活してたら、嫌にもなるでしょ。まあ私が離婚した時は中学生だったし、正直私にはあんまり懐いてなかったし、離婚以来会ってないから、今どんな子に育ってるかは知らないけどさ」

要するに、四人ともアリバイがある上に、峰原家への恨みの度合いも、当初思われていたより薄いようだった。

このように、地取り《じど》と鑑取り《かんど》――現場周辺の捜査と、関係者への聞き込みという、捜査の二大ルートがどちらも行き詰まり、他に有力な手がかりも得られないまま、気付けば峰原玲華の失踪から一週間が経ってしまった。どこかに監禁されていることを想定して、市内の空き家は片っ端から捜索し、またすでに殺害され遺体が遺棄されている可能性も考え、河川敷や海岸、森の中なども捜索した。それでも手がかりはなく、捜査本部には重苦しい雰囲気が漂っていた。

「このまま迷宮入りさせてはいけない。なんとしても玲華さんを見つけるんだ」

捜査会議にて、駒田刑事課長が発破《はっぱ》をかけた。

「峰原家の一人娘が見つからないとなると、これは独鯉署の威信に関わる問題だ。我々の今後の出世……じゃなくて、しゅせ、主戦場である捜査において、市民の信頼を得られなくなってしまう。だからとにかく、玲華さんを見つけること。これが我々の使命だ！」

駒田課長も、疲れのせいかところどころ本音が垣間見えてしまい、ごまかすのに必死だった。

ところが、そんな捜査会議が終わり、各々が持ち場に散りかけた時、事態は急展開を迎えた。制服警官が、駆け足で会議室に飛び込んできて叫んだのだった。

「みなさん、峰原玲華さんが発見されました！　怪我はなく無事です！」

おおっ、本当か、と刑事たちから大きなどよめきが起きた。

3

「犯人は、四十代から五十代ぐらいの、中年の夫婦でした。自分たちで夫婦だと言ってましたけど、私の前で名前を呼び合うことは一度もありませんでした。私にとっては全然知らない人でしたけど、父に恨みがあるということと、父なら自分たちのことをすぐ分かるはずだということを、再三言ってました」

保護されて独鯉署にやってきた峰原玲華は、顔に疲れをにじませながらも、はっきりとした口調で語った。

「犬の散歩中に、車が目の前に停まって、中から男が出てきて、ナイフを突きつけられたんです。そのまま車の中に押し込まれて、目隠しと手錠をされました。あと、ポケットの中のスマホを取られて、電源を切られました。車は大きな白いワゴンで、メーカーはトヨタで、車体の後ろに『H、I、A、C、E』というロゴが入っていました。ハイエースと読むのでしょうか……」

「ええ、そうですね、ハイエースです」

同じ女性の刑事として聴取を担当した、内藤が答えた。

二十歳の大学生である玲華は、車に詳しくはないのだろう。非常に有名な車種だとは知らなかったようだ。それでも、警察への手がかりのために車種までチェックしてくれたことはありがたかった。

その後、峰原彰彦に恨みを抱いているだろうと思われていた、淀川弘道と大石一平の顔写真を玲華に見せたものの、いずれも「この人じゃなかったです」という答えが返ってきた。元恋人の梶本瑛樹と、五年前まで継母だった枝村知佳子は、玲華にとっては当然「全然知らない人」ではない。念のため、二人が関与していた可能性がなかったか尋ねてみたが、「それはないです」と断言された。

峰原玲華はその後も、一週間の状況について、はっきりした口調で語った。

「車の後部座席にずっと乗せられて、あちこち走り回ってました。トイレは公園とかで借りてました。『もし大声で助けを呼べば、俺たちは捕まるけど、その前にお前を刺し殺す。俺たちは刑務所を恐れていない』と、犯人の夫婦の夫に何度も言われてたので、トイレに行った時に、公園にいる人に助けを求めるようなことはできませんでした」

「でも、隙を見て車から逃げ出したのね」

「はい。たぶん二人も油断してたんだと思います。夜、二人とも寝息を立てて寝てる間に、手錠の鍵を妻のポケットから抜いて手錠を外して、そっと車のドアを開けて、夜道をずっと歩いて逃げてきました。あいつらが追ってきても見つからないように細い道を選んだので、全然誰ともすれ違わなくて、遭難しちゃうんじゃないかとも思いましたけど、明け方になって新聞配達のバイクが見えました。そこで思い切って声をかけて、配達員のおじさんに警察を呼んでもらったんです」

その通報で駆けつけた警官に、峰原玲華が保護された地点は、自宅から北に十キロほど離れた、独鯉市の隣の矢釜《やかま》市の道路だった。

「監禁されている間、食事とか、あとお風呂はどうしてたんですか？」

「食事はコンビニ弁当が多かったです。一日三食出ましたし、歯磨きもできました。あとお風呂は、体をウエットティッシュで拭いたのと、二回ぐらい公園の水道で頭を洗いました。体を拭いてる時は、夫が車から出るっていう最低限の配慮はしてくれましたけど……早く家のお風呂に入りたいです」

峰原玲華は、心底疲れた表情で言うと、さらに思い出したように付け加えた。

「あ、あと、車のナンバーは、夫が何度もドライバーを使って付け替えていました。最初はたしか、5392っていうナンバーだったんですけど、そのあと何度も変わってたんで、覚えられませんでした」

偽造ナンバーだったということだ。念のため5392というナンバーを調べる必要はあるが、おそらく最初から偽造だったのだろう。

「車は、犯人の夫婦の家には寄らなかったですか？」

内藤が尋ねると、峰原玲華は少し考えてから答えた。

「う～ん……寄ったこともあったのかもしれないけど、分かりません。目隠しをされてる時がほとんどだったんで、車がしばらく停まってることはありましたけど、そこがどんな場所かっていうのは分からなかったです」

「そうか、そうだよね……。じゃ、トイレに行く時とか、目隠しが外された時に、見覚えのある景色が見えたりはしなかったですか？」

「私も注意して見てたんですけど、見覚えのある場所はありませんでした」

だが、そこで峰原玲華は、またふと思い出したように言った。

「あ、でも、しいて言えば……さらわれた直後、たぶん五分後ぐらいだったと思いますけど、コンビニの駐車場に停まったのは見えました。私を安心させるためだったのか、『とりあえず飯は食わしてやる』って言って夫が買い物に行って、妻が私を見張ってました。たしか、店はエミリーマートでした」

「さらわれてから五分後ぐらいに、エミリーマートに行ったのね」

重要な証言を、内藤が復唱して確認した。

「その時も、目隠しはされてたんですよね？」

「ああ、最初は緩いアイマスクだけだったんです。それで、顔を上に向けて目を限界まで下に向けると、窓の外が見えたんです。後部座席は、スモークガラスっていうんですか、外から中が見えなくなってたんですけど、中からは外が見えたんで」

峰原玲華は、顔を動かして丁寧に説明した。内藤も同じように顔を上に向け、視線を顎方向に向けてみる。

「なるほど、こうやってアイマスクの隙間から外を見たのね。……ただ、これだと上の方は見えないから、店の看板までは見えなかったんじゃない？」

「あ、でも、中の店員さんの黄色い制服が見えたんで、エミマだと分かりました」

「ああ、なるほどね」

独鯉署の刑事はほぼ全員、向かいのエミリーマートが行きつけのコンビニなので、その情景はすぐに想像できた。

「でも、そうやって私が外を見てるのがばれたみたいで、アイマスクの上にタオルを巻かれちゃったんです。それからはもう、車の中から外を見ることは全然できなくなっちゃいました。食事の時とか、体を拭く時とかは、車の中でも一時的に目隠しを外してもらえましたけど、たぶん犯人たちも、そういう時は周りに目立つ建物とかがない場所を選んでたんだと思います。人けのない林道とか、畑の中の道とか、そんなところばっかりでした」

峰原玲華のスマホの電源はずっと切られていたので、連れ回されていたルートを解析するのはかなり難しそうだった。

「一週間も連れ回してた目的について、犯人たちは何か話してましたか？」

内藤が尋ねると、峰原玲華は険しい表情で答えた。

「まずは騒ぎを大きくするって言ってました。全国ニュースでも取り上げられたところで、次の行動に出るって――。何をするつもりだったのか分からないですけど、その前に私は逃げ出せたんだと思います」

今回の事件は全国ニュースでも少し取り上げられていたが、犯人たちはそれに気付かなかったのだろうか。あるいは、まもなく「次の行動に出る」つもりだったのか。いずれにせよ、玲華の逃亡によって未遂に終わったということだろう。

その後、玲華に話を聞いて、中年夫婦の似顔絵が作成された。夫がややぎょろ目で、妻はやや吊り目気味の顔。ともに中肉中背とのことだった。

峰原玲華が無事に生還したことで、捜査本部には安堵が広がったが、犯人逮捕に向けての捜査はこれからが本番だった。

4

「拉致された約五分後にエミリーマートへ行った。――峰原玲華さんのこの証言に合致するのは、エミリーマート独鯉海岸店しかない。犯人は間違いなく、この店に寄ってるはずだ」

捜査会議にて。ホワイトボードに貼り付けた拡大地図を指し示しながら、駒田刑事課長が語った。地図上の峰原家や拉致現場、エミリーマート独鯉海岸店などには、赤く印が付けてある。

「このエミリーマートは拉致現場から南へ一本道で、二キロも離れていない。まさに車で行けば五分程度だろう。次に近いエミリーマートは独鯉駅前店だが、ここは最短ルートでも二十分近くかかる。体感時間で五分ということはありえないだろう。突然拉致されて車に乗せられてからの時間は、ただでさえ長く感じるはずだからな。今のところ、犯人夫婦の車がいつどこに行ったか、はっきり分かっているのはこのエミリーマートだけだ。まずはこの店の防犯カメラを調べよう。事件当日の午後六時半から七時頃に駐車場に停まった白のハイエースが一台あるはずだ。また、玲華さんによると、犯人夫婦の夫がこの店で夕食を買ったということだった。つまり、中年の男が買い物に来ているはずだ。すぐに当たろう！」

駒田課長が号令をかけた。被害者は無事で、手がかりも続々と出てきた。捜査本部は一気に活気づいた。

ところが——。

翌日の捜査会議で、早くも活気がしぼみつつあった。まず江川が、眉間に皺を寄せて報告する。

「ええ、エミリーマート独鯉海岸店の駐車場はだだっ広くて、防犯カメラが映してるのは店の正面側だけでした。で、その範囲には事件当夜、ハイエースは映ってませんでした。犯人はカメラのアングルの外に停めたんだと思います。また、店内のカメラを確認したところ、午後六時半から、少し長めにとって七時半までに入店した客は全部で三十八人いて、その中で明らかな子供を除いた男性は十六人でした。その十六人全員の映像を玲華さんに確認してもらいましたが、いずれも犯人ではないとのことでした」

「う～ん、そうか……となると、飯はあらかじめ買ってあったのかもしれないな」

駒田刑事課長が渋い顔で唸ってから、気を取り直して言った。

「ハイエースの方はどうだった？」

「はい。調べてはいるのですが、白のハイエースは世の中に山ほど走ってますから、なかなか厳しくて……」目黒が答えた。「事件当日の午後六時から七時台に、エミリーマート独鯉海岸店や、拉致現場周辺の防犯カメラで確認できた白のハイエースは、のべ三十七台。近くを国道六十二号線が走ってますから、そこで一気に数が跳ね上がります。もっとも、Nシステムがこの周辺にはなくて、ナンバーの識別は困難なため、重複してる車両も多いと思われます。現時点でそのうち三台は、近くの会社の社用車で犯行に使われてはいないと分かりましたが、正直、全部を洗うのは相当時間がかかると思います」

「まあ、当面はその辺を、ひたすら地道に洗っていくしかないか。——次に、怪しい夫婦は、まだ浮かんでこないか？」

駒田課長が尋ねると、内藤が立ち上がって答えた。

「峰原彰彦に恨みを持っている中年の夫婦がいないか徹底的に洗ってはいますが、峰原に多少なりとも恨みを持っている中年の人物で、結婚していればそれだけで容疑者候補になってしまいます。まして結婚していない男女が夫婦を装っていた可能性も含めれば、相当な人数になってしまうので、なかなか大変そうです」

内藤がそこまで説明した後、目先を変えた。

「そこで、ちょっと思ったんですけど……」

「ん、何だ」

「犯人なんですけど、実は女装した男だった、なんてことはないですかね」

「女装？」

駒田刑事課長が聞き返す。内藤はうなずいてから、独自の推理を語り出した。

「当初、容疑者候補として上がっていた淀川弘道は、会社の忘年会で女装して毒舌を吐いたことがきっかけで、最終的に解雇されたということでした。そんな淀川は中性的な顔立ちで、女装もよく似合うと自分で言っていたぐらいでした。――もしかしたら、彼が女装した上で、峰原彰彦に恨みを持っているもう一人の男と組んで、夫婦を装って玲華さんを拉致した、なんて可能性はないでしょうか」

「ただ、それだと、身長が問題になりますよね」江川が口を挟んだ。「淀川弘道は、男の中でも長身の方です。でも、犯人夫婦はともに中肉中背だったと、玲華さんは証言しています。もし犯人夫婦の妻が女装した淀川だったなら、玲華さんは真っ先に『犯人夫婦の妻はすごく背が高かった』と言ったんじゃないでしょうか」

「そっか……そうだよね」

内藤は苦笑いしてうなずいた後、駒田刑事課長に向き直って「すみません、忘れてください」と頭を下げた。

「いやいや、思ったことがあったら何でも言ってくれていい」

駒田刑事課長は声をかけた後、本音を漏らした。

「まあ正直、地道な捜査を続けるモチベーションも上がらないよな。峰原も今じゃ、すっかり態度が変わったし」

「たしかに、この前もわざわざ、菓子折を持って署まで来ましたからね」飯倉係長もうなずいた。「最初は、『うちはお前たち何百人分の税金を納めてるんだから、見つけなかったら承知しないぞ』みたいなことを言ってたのに、この前なんて『娘は無事帰ってきましたし、そんな無理しないでください』なんて言って、ぺこぺこ頭を下げてましたから」

拓真は捜査に出ていたため直接見てはいないが、峰原彰彦はわざわざ独鯉署に出向いて、そんな言葉を残して帰っていったらしい。最初の傲慢《ごうまん》きわまる態度とは大違いだ。

「まあとにかく、被害者は見つかったが、犯人逮捕はこれからだ。我々は決して気を抜かず、捜査を続けていこう。迷宮入りじゃ格好がつかんからな」

駒田刑事課長がそう言ってぱんと手を叩き、捜査会議は散会。刑事たちは持ち場へ散っていった。

ただ、そんな中、拓真は一人、じっと考え込んでいた。

「ん、どうした大磯。お前も何か、考えてることがあるのか?」

駒田刑事課長が、拓真の様子に気付いて声をかけてきた。

「僕らはずっとハイエースを探してました……。でも、果たして本当にそれで合っていたんでしょうか」

拓真は、心の中に浮かんでいた、ある考えについて口にした。

「どういうことだ?」駒田課長が聞き返す。

「峰原玲華さんは、車種を説明する時、『H、I、A、C、E』と、英語のつづりで説明しました。たしかにハイエースの車体に書かれているロゴですが……どうも引っかかるんです」

「え、でも、『H、I、A、C、E』って、ハイエースとしか読めないだろう」

「ええ、ですよね……」

「あんまり考えすぎるなよ」

そう言葉をかけて去って行った駒田課長に会釈を返しつつ、拓真は捜査用のメモ帳をそっとポケットから出して、改めてそのページを見た。

ただの思いつきかもしれない――。しかし、拓真はあることに気付いていたのだ。

ハイエース。つづりは、H、I、A、C、E。

一方、浮上した関係者と、峰原玲華の父親の五人を並べてみる。

淀川弘道、大石一平、峰原彰彦、枝村知佳子、梶本瑛樹。

この五人の下の名前を並べると、弘道、一平、彰彦、知佳子、瑛樹。

頭文字を取ると、H、I、A、C、E。

まさに、ぴたりと合うのだ。

五人の下の名前をローマ字で書き、その頭文字を丸で囲ってあるページをじっと見ながら、拓真はそっとつぶやいた。

「これは、本当にただの偶然なのか……」

その時、ぞくっと寒気を覚えた。

ああ、やっぱり。いつもの寒気だ。ここに重要な謎が隠れているのか――。

『これは、本当にただの偶然なのか……じゃねえわ。ただの偶然だわそんなもん！

ていうか、前回といい今回といい、頭文字好きだな！　そんなに都合よく頭文字に謎が隠されてるわけないでしょうが！』

八重子はそう叫びながら、拓真にヘッドロックを決めていた。もちろん、霊感のない拓真は気付かない。ちょっと寒気を覚えている程度だろう。

もっとも、今回は八重子も、そこまで自信が持てるほどの推理ができているわけではない。だが、それでも一つ、引っかかっていることがあった。

この線が正しいとすれば、今回はベテラン女性刑事の内藤が、事件の鍵に迫る重要な発言をしてくれたといえるだろう。

とにかく、確認してみるしかない――。

5

『というわけでね、美久ちゃんに確認したいのよ』

『ああ、はい……』

エミリーマート独鯉警察署前店で働く杉岡美久の休憩中、また八重子がやってきた。例の通り心の声で会話しているが、休憩中のバックヤードには美久しかいないので、声を出したとしても誰にも聞かれないだろう。

今、独鯉署の刑事課で捜査しているのは、例の誘拐事件らしい。ニュースにもなっていたし、無事に犯人の車から逃げ出したという被害者は、面識こそないが美久と同世代だし、美久も一応事件については知っていた。

『今回はね、霊感があるからっていう理由だけじゃなくて、ぜひ美久ちゃんに相談したいことがあって来たの。本当に、近くに美久ちゃんがいてよかったわ』

『あ、はあ……』

機嫌をとっているつもりなのだろうか。そんなに頼りにされても別にうれしくはない。

『あのね、事件が起きた日なんだけど……』

そこから八重子は、ある質問をしてきた。

『ああ……たしかに、そういえばそうでしたね』美久はうなずいた。

『やっぱりそうよね！』

八重子はうれしそうにふわっと浮き上がってから、美久に頭を下げてきた。

『悪いんだけどさ、念のため、電話かけて確認してもらえないかな？　電話代かかっちゃって申し訳ないんだけど、ちょっとかけてほしい所があって……』

『ああ、はい……』

休憩中だし、安い電話代をけちって幽霊の恨みを買うのも嫌だったので、美久は要求に応じ、スマホで電話をかけてやった。

「あ、もしもし、私、杉岡という者なんですけど、一つお聞きしたいことがありまして……」

そこから、八重子が言った通りの質問をすると、すぐに答えが返ってきた。

結論から言えば、八重子の推理通りだった。美久は「どうもありがとうございました。失礼しま～す」と丁重に礼を言って電話を切った後、その結果を八重子に伝えた。すると、八重子はガッツポーズをした。

『よし、完璧。これでばっちりだわ！』

それから八重子は、顎に手を当てて、ぶつぶつとつぶやいた。

『となると、あいつが嘘をついてて、共犯者があいつってことになるのかな。まあ、どっちが主犯なのかは分からないけど、やっぱりあっちかな……。まあとにかく、作戦を立てないとね。今回はどうやって拓真に伝えようか……。いや、待てよ』

八重子はそこで、くるりと美久の方を向いた。

『ねえ美久ちゃん、もうその話、そのまま拓真にしちゃってくれる？　私が言うこと、そのまんま復唱してくれればいいから。よく考えたら美久ちゃんなら、ヒントじゃなくて答えをそのまんま伝えちゃってもいいもんね』

『ああ、はい、分かりました……』

今日は、変なキャラの店員を演じて、美久自身も何をやっているのかよく分からないままヒントを出す作業をしなくていいらしい。少しだけホッとした。

その日の昼下がり。

拓真は昼食を買うため、行きつけのコンビニである、エミリーマート独鯉警察署前店にやって来た。

いつも事件について考え事をしている時、ここの女性店員の杉岡さんと交わした何気ない会話がきっかけで、一気に事件解決につながる手がかりに気付くことがある。ただ、毎回そんなに都合よく、杉岡さんからヒントを得られるわけがない。

「H、I、A、C、E……何かある気がするんだ」

小声でつぶやきながら、拓真は弁当とお茶を選んでレジに向かった。途中でパンの棚に脛をぶつけて少々痛かったが、今さらそんなことは気にならない。

「いらっしゃいませ」

杉岡さんは、いつも通りの微笑《ほほえ》みで拓真を迎えた後、声を潜めて話しかけてきた。

「すみません、あの誘拐事件のことで悩んでます？」

「え、あ……まあ」

まさに図星だったので、拓真は思わずうなずいた。

すると杉岡さんは、驚くべきことを口にした。

「他の刑事さんがしてた立ち話がちょっと聞こえちゃったんですけど、一つだけ私、気になったことがあって……」

その話の内容は、まさに目から鱗《うろこ》だった。拓真は飛び上がった。

「そうか！　ああっ、とんだ見落としをしてた！」

毎回そんなに都合よく、杉岡さんからヒントを得られるわけがない……だなんて、ついさっきまで思っていたのが嘘のようだった。今回はヒントどころか、答えそのものを教わってしまったのだ。

しかし、言われてみればたしかに、拓真もそのことに気付けていなかったのは手落ちだった。拓真だって、そのことは認識していたのだ。

「ありがとう、助かりました！」

そう言い残して、拓真は店を飛び出し、独鯉署に全速力で駆け込んだ。また弁当を買い忘れたことに気付いたのは、ずいぶん後のことだった。

『さて、今回も一丁上がりだわ。どうもありがとうね』

拓真の背中を見送り、八重子が礼を言った。

『いえいえ』美久が返事をする。

『相変わらず棚に脚はぶつけるし、弁当はレジに置き忘れるし、そそっかしくて困るけど……』

と八重子が言いかけたところで、美久が「あっ」と、何かに気付いた様子で声を上げた。そして、拓真が置き忘れた弁当のバーコードをスキャンした。

するとと、「ピー」とレジから電子音が鳴った。

『これ、廃棄忘れてました』美久が心の声で言った。

『え、どういうこと？』

『この弁当、賞味期限が過ぎてて、さっきの廃棄の作業で売り場から片付けなきゃいけなかったんです。でも、私がうっかり見落としてたんです。だからまあ、今回に限っては、拓真さんに持ってきてもらって助かりました』

『あ、そうなの……。あの子のそそっかしさも、たまには役に立つのね』

八重子は苦笑して言った。

6

その翌週。独鯉署にて。

「すみません、またお呼びしてしまいまして」

拓真が頭を下げると、峰原玲華も丁寧に返した。

「いえいえ、とんでもありません」

警察に保護されてから三日が経ち、峰原玲華はもうすっかり元気を取り戻したようだった。

「犯人の夫婦にさらわれた直後のことをもう一度確認させていただきたいんですが、よろしいですか？」

「ああ、はい」

峰原玲華がうなずいたところで、拓真が手元の資料を見て言った。

「ええ、犯人たちに車に乗せられた後、アイマスクを付けさせられ、車が発進した。五分ほど走ったところで、車は駐車場に停まった。その時はまだアイマスクが緩かったこともあり、顔を上に向けて、目を精一杯下に向けると、アイマスクの隙間から窓の外が見えた。そこはコンビニの駐車場で、店員の黄色い制服が見えたから、エミリーマートだと分かった。——ということで、よろしかったですよね？」

「はい、そうです」

「なるほど……」

拓真は、一呼吸置いた後、単刀直入に言った。

「それ、嘘ですよね？」

「……えっ？」

戸惑った表情の峰原玲華に、拓真ははっきりと告げた。

「このやり方でアイマスクの隙間から外を見ると、角度的に上の方は見えないから、店の看板は見えなかった。でも店員の黄色い制服が見えたから、エミリーマートだと分かった。――あなたは保護された後の最初の聴取で、たしかにそうおっしゃいました」

「はい。何がおかしいんですか？」

峰原玲華は、不服そうに問いかけてきた。

そこで拓真が、正解を発表する――。

「あの日、あなたが行ったはずのエミリーマートの店員は、黄色い制服は着てなかったんです。サッカー日本代表の、青いユニフォームを着ていたんです」

峰原玲華は、硬直したまま何も言葉を発しなかった。ただ、体が微《かす》かに震えているのが見てとれた。

「エミリーマートはサッカー日本代表のスポンサーなので、代表戦があったあの日は、店員さんが日本代表のユニフォームを着てたんですよ。あなたはご存じなかったでしょうかね。――拉致された直後にエミリーマートに寄ったと嘘をついた時、『アイマスクの隙間からこうやって見たんじゃ上の方は見えないよね』なんて担当刑事に言われてしまったから、あなたはとっさに『看板は見えなかったけど黄色い制服が見えた』と答えてしまったんです。墓穴を掘りましたね」

拓真は、峰原玲華が保護された直後の、内藤による取り調べを思い出しながら語った。玲華もおそらく、その時のことを思い出し「しまった、あの時だ」と悟ったのだろう。一瞬だが、眉間に皺が寄ったのがはっきりと分かった。

「なぜそんな嘘をついたのか。共犯者を少しでも疑いから遠ざけるためですよね。共犯者の、梶本瑛樹さんを」

はっと目を見開いた峰原玲華に、拓真は一気に語って聞かせた。

「あなたは実際は、拉致されたことになっていた日の前日から、梶本さんのアパートにいたんですよね。父親の彰彦さんが二日間の出張から帰ってくる直前にさらわれたことになっていましたが、本当は彰彦さんが出張に出かけてすぐ、家にスマホを置いて、最低限の荷物を持って家を出て、梶本さんの部屋へ行った。豪邸の峰原家は、ホームセキュリティが完備されているとはいえ、広大な敷地のすべてを防犯カメラでとらえることはさすがに不可能。カメラに映らずに家の中と外を行き来できるルートを、住人であるあなたは知ってたんですよね」

拓真の言葉を、峰原玲華は目を丸くして聞いている。

「そのルートを通って、父親の出張一日目に梶本さんの部屋に行き、同棲生活が始まった。二日目に梶本さんがバイトに出かけた後、いったん家に戻り、防犯カメラに映らないルートを通って家に入った。そこで、ずっと家にいたように装うために家の中に置きっ放しにしていたスマホを持って、さらに犬も連れて、今度はちゃんと防犯カメラに映る正門から散歩に出た。そして、人けのない道で犬を放し、スマホの電源を切り、あらかじめ森の中に停めておいた原付バイクを無免許運転して、家を出た時とは似ても似つかないライダースウェアを着て変装して、再び梶本さんの部屋に行った。これによって、事件発生時に梶本さんはバイト中だったことになり、アリバイが保証される。散歩中にいきなり放された犬は戸惑ったでしょうけど、あの辺は夜間は車の通りもないし、ちゃんと家に戻ってくれるだろうと思ってたんですよね」

驚いた表情の峰原玲華に、拓真はなおも語りかける。

「あなたは突然失踪したことになる。父親は各方面から恨みを買っているから、何者かが拉致したんじゃないかと思われて捜査はされるけど、梶本さんにはアリバイがあるので早い段階で容疑者から外れる。あなたは行方不明のまま、愛する梶本さんと暮らし、ほとぼりが冷めた頃に二人で引っ越して地元を離れる。当初は失踪が大々的に報道されるだろうけど、報道が下火になるまで一切外に出ず、転居後は外出時にメイクやマスクをすれば大丈夫だろう。——そう計画していたんですよね。

わざわざ『今後の計画書』なんてタイトルの手書きの計画書まで作って」

「え、あの、ちょっと……」

峰原玲華は、さすがに声を上げずにはいられなかったようだ。

そこで拓真は、静かに告げた。

「ええ、そうです。お察しの通り、梶本さんはもう全部白状してくれました」

すると玲華は、ずっと崩していなかった凛《りん》とした表情を歪め、吐き捨てるように言った。

「……あの馬鹿」

7

『いや〜、ありがとうね。今回も助かったわ』

エミリーマート独鯉警察署前店にて。八重子が美久に礼を言った。

『いえいえ』

美久が心の声で応じながら、小さく頭を下げる。

『しかしまあ、変わった事件だったわ。大金持ちのお嬢様と庶民の男が恋に落ちて、でもお嬢様の父親から別れさせられて、二人はいったん別れたふりをして、駆け落

ち を画策して……って、そこまでだったら、なんだか応援したくなっちゃうような、ドラマみたいな話だったのよ。この手の話ってだいたい、二人が追跡を振り切って、愛を貫いて逃避行するみたいな素敵な話になるでしょ。なのにさあ……』

八重子はため息をついてから、苦笑して言った。

『まさか、そんな二人が同棲を始めて一週間で、喧嘩別れしちゃうなんてね』

八重子は振り返る。取調室での、峰原玲華と梶本瑛樹の様子を――。

「瑛樹、本当に不潔でドン引きしたんです。落ちた物とか平気で食べるし、ろくに掃除もしなくて、トイレなんてすごく汚くて。今までこんな人とキスとかしてたんだと思ったら、もう気持ち悪くなっちゃって。せっかく私が計画立てて駆け落ちしようとしたのに、このままじゃ一緒に暮らせないって、何度言っても全然直してくれなくて、じゃあもう別れようって言って……」

と、峰原玲華が顔を歪めて語ったかと思えば、別の取調室では梶本瑛樹が不満を爆発させていた。

「マジで玲華、文句ばっかり言うんですよ。そりゃ、俺のアリバイがばっちりになるようにあんな計画立てたのはすごいと思いましたよ。でも、原チャリ用意したのだって俺だし、原チャリの運転方法も教えてやったし、俺がいなければ成立しない計画だったんですよ。しかもそのあとはずっと俺のアパートで生活するんだから、少しは遠慮しろって話なんですよ。なのに、不潔だとか部屋が狭いとかぶうぶう文句言って、そりゃお前んちより狭いに決まってるだろって思ったし、俺が床に落とした揚げ物食っただけでヒステリー起こしちゃって。お前んちと違って庶民は床に落としただけで食い物捨ててたら栄養失調になっちまうわって俺が言ったら、それでまた大喧嘩になって……」

駆け落ちを決意したものの、いざ同棲してみたら愛情が一週間しか続かなかった若い二人。計画段階でこうなることぐらい予測できなかったのかと思ってしまうが、これぞ若気の至りというやつなのだろう。

そのような形で別れを決断した二人だったが、すでに玲華が失踪したということで警察が動いてしまっている。駆け落ち崩れに終わったことがばれるのは、玲華にとっても瑛樹にとっても避けたい。そこで玲華が一計を案じたのだった。

玲華は「彰彦に恨みを持った中年夫婦にさらわれ、隙を見て逃げてきた」と、瑛樹とは正反対の犯人像を語った上で、「ハイエースに乗せられて連れ回されていた」とか「ナンバーをたびたび付け替えていた」などと証言し、犯人を特定しづらい状況を作り上げた。だが、それでも結局は、瑛樹が犯行に関わっていることがばれないように、気を回しすぎたことがあだになったのだった。

瑛樹の職場のカー用品店は、拉致現場に偽装した場所から北へ約二キロの距離だ。

もしかしたら警察は、瑛樹が一時的に職場を抜けて犯行に及んだ可能性を疑うかもしれない——そう警戒した玲華は、瑛樹を少しでも容疑から遠ざけるには、玲華が犯人たちに拉致された直後に、瑛樹の職場と反対の南方向に進んだことにしようと考えた。瑛樹の部屋のパソコンで調べたところ、その方向にある目立った建物が、車で五分ほどのエミリーマートぐらいしかないこと、また次に近いエミリーマートまでは車で二十分ほどかかることが判明した。つまり「拉致された約五分後にエミリーマートに行った」という証言をすれば、瑛樹が疑われることはないだろう——と計略を立てたのだが、取り調べ担当の内藤に話を合わせるために「アイマスクの隙間からこうやって窓の外を見て、黄色い制服が見えたからエミリーマートだと分かったんです」なんてアドリブを入れてしまったのがいけなかった。まさかその日にサッカー日本代表戦があり、エミリーマートの店員が日本代表の青いユニフォームを着ていたなんて思ってもいなかったのだ。

もっとも八重子も、すぐその矛盾に気付いたわけではなかった。幽霊になって拓真の守護霊として行動するようになってから約五年、エミリーマートの店員がたまに、いつもとは違う青いシャツを着ている日があるということは認識していたが、それがサッカー日本代表のユニフォームなのだと、サッカーに疎い八重子が認識したのはつい最近のことだった。そういえば峰原玲華が失踪して呼び出しを受ける直前、拓真がサッカー日本代表の試合をテレビで見ていたな、と思い出した後、エミリーマートの店内を見てみると「エミリーマートはサッカー日本代表を応援します」というポスターが貼られていた。そこで八重子は「エミリーマートの店員がサッカー日本代表のユニフォームを着ている日は、サッカー日本代表の試合がある日なのではないか」という推理に至った。

というわけで八重子は先日、美久に確認しに来たのだった。

『あのね、事件が起きた日なんだけど……あの日、サッカー日本代表の試合があったのよね。で、ひょっとしてエミリーマートって、サッカー日本代表の試合の日に、店員さんもユニフォーム着ることになってるんじゃない？　美久ちゃんもあの日、この店でユニフォーム着てたんじゃない？』

すると美久は、すぐに答えた。

『ああ……たしかに、そういえばそうでしたね』

『やっぱりそうよね！』

八重子はうなずいた後、美久に依頼した。

『悪いんだけどさ、念のため、電話かけて確認してもらえないかな？　電話代かかっちゃって申し訳ないんだけど、ちょっとかけてほしい所があって……エミリーマート独鯉海岸店なんだけどね、あの店もあの日、店員さんがサッカーのユニフォームを着てたんじゃないかと思うの。それを確認してほしいのよ』

『ああ、はい……』

美久は、スマホで電話番号を調べて電話をかけてくれた。そして、しばらく通話した後、こう報告してくれた。

『八重子さんの推理通りでした。独鯉海岸店でも、あの日はみんな日本代表のユニフォームを着てたらしいです。なんか、今の店員さんの話だと、独鯉海岸店は店長が大のサッカーファンだから、必ず全員着るように言われるらしいです』

『よし、完璧。これでばっちりだわ！』

八重子はガッツポーズした後、美久にお願いして、拓真にヒントを出してもらった。もっとも今回は、ヒントというよりは答えそのものだった。

「すみません、あの誘拐事件のことで悩んでます？　他の刑事さんがしてた立ち話がちょっと聞こえちゃったんですけど、一つだけ私、気になったことがあって……。被害者の女性が、さらわれた直後に停まった駐車場で、エミリーマートの店員の黄色い制服を見て、そこがエミリーマートだと分かったみたいな話が聞こえたんですけど、あの日、エミリーマートの店員はみんな、サッカー日本代表のユニフォームを着てたはずなんです。ほらあの日、サッカー日本代表戦だったから」

八重子が横で言った言葉をそのまま美久に復唱してもらった結果、拓真は「そうか！　ああっ、とんだ見落としをしてた！」と声を上げ、「ありがとう、助かりました！」と言い残して店を飛び出した。そしてすぐに独鯉署に戻り、美久に聞いた旨を駒田刑事課長に報告した。

その結果、捜査本部は峰原玲華が嘘をついていることに気付き、「なぜそんな嘘をついたのか」↓「事件は狂言誘拐で、エミリーマート独鯉海岸店に行ったことにすれば共犯者の疑いが薄れる状況だったのではないか」↓「エミリーマート独鯉海岸店は峰原家より南側だから、共犯者は犯行時刻に北側にいた人物ではないか」↓「梶本瑛樹の職場がまさに北側だ」という考えに至った。八重子の推理も同様だったし、そもそも身代金も要求せず狂言誘拐を企てたということは、真相は玲華の駆け落ちといったところだろう、つまり梶本瑛樹が共犯だろうとにらんでいた。

そこで拓真らは、梶本瑛樹に狙いを絞って張り込みをしたところ、彼がある朝、大量のゴミを出したのが確認された。公道上のゴミ置き場に捨てられたゴミ袋は警察が押収できるので、それらを調べたところ、中から女物の服や靴、アクセサリー、コップ、歯ブラシなど、いかにも別れた彼女との思い出の品という物が多数見つかった。そして、最も決定的だったのが、くしゃくしゃに丸められた一枚の紙だった。

そこには、「今後の計画書」というタイトルとともに、いかにも若い女性風の筆跡で、こんなことが書かれていたのだ。

「①玲華、えーたんちに長期滞在（玲華はできるだけ外出しない）
②報道が下火になったら、二人で引っ越し&同棲（半年～1年後ぐらい？）
③玲華はしばらくマスクとかで変装して外出（今時珍しくないから大丈夫！）
④何年か経ったら普通に幸せに暮らせるはず（バレてもかけおちってことで何とかなる！）」

それは明らかに、峰原玲華が自ら書いた犯行計画書だった。シュレッダーにもかけずに捨ててしまう梶本瑛樹の不用心さには呆れたが、彼もまた、若気の至りで計画した駆け落ちの末に彼女と喧嘩別れしてしまい、犯行の後始末に注意を払う意欲も失せるほど気落ちしていたのだろう。その証拠品をもとに梶本瑛樹に任意同行を求めたところ、彼はあっさり犯行を認め、事件の全容を話したのだった——。

『とまあ、そんな感じでね、結果的には誘拐でも何でもなかったわけよ。まあ今考えれば、父親の彰彦も、娘が見つかってから急に、何としても犯人を捕まえてくれっていうトーンが収まって、娘は無事に帰ってきたから無理しないでください、なんて菓子折まで持って独鯉署に言いに来たのは、事件が娘の自作自演だったことを勘付いたからだったのかもね……』

と、例によって美久は、頼んでもいないのに、八重子に事件の詳細を長々と説明されていた。八重子の話は毎回来るたびに長くなっていて、今ではちょっとした刑事ドラマ一話分ぐらいのボリュームになっている。

するとそこに、拓真が来店してきた。

「いらっしゃいませ～」

美久はレジの中からマニュアル通りの声かけをしつつ、隣の八重子に『お孫さん来ましたよ』と、心の声で話しかけた。

『あら本当だ。……あれ、なんかいつもと様子が違う』

『え、そうですか？』

美久は、入ってきたばかりの拓真を見た。いつも行く弁当コーナーより少し手前で、ちらちらとこっちを見ている。まるで万引きでもしようとしているようだが、さすがにそんなわけはないだろう。

と、拓真が周りを見て、意を決したような表情で、レジに向かって歩いてきた。

店内に他の客はいない。店長も事務所で作業をしている。

「あの、杉岡さん……」

拓真が話しかけてきた。

「あ、はい……」

何事かと思いながら美久が答えると、拓真は思いもよらぬことを口にした。

「あの……今度の土曜日、空いてますでしょうか」

「えっ？」

「気付いたんです。あなたといると、力が湧いてくるというか……あなたは僕にとって、大事な人なんです！」

「は、はあ……」

驚きと戸惑いの中、美久は心の声で、八重子を問いただした。

『ちょっと待って、これどういうことですか？　八重子さん知ってたんですか？』

『いや、ごめん、知らなかった！　本当よ、私もビックリしてる』

八重子は本気で驚いている表情だった。嘘ではないのだろう。

「あ、あの……聞いてます？」

拓真が怪訝な顔で尋ねてきた。――美久は八重子と心の声で会話していたため、つい視線が八重子の方を向いていたが、当然ながら拓真は、美久の視線の先を向いても何も見えないのだ。

「あ、ごめんなさい」美久が拓真に謝る。

『あら～……どうしようかねえ』

八重子は、拓真と美久を交互に見ながら苦笑している。

「実は、あの……これのチケット、もう取ってあって」

拓真がポケットから取り出したチケットを見て、美久は「あっ」と声を上げた。

それは、「ご当地スイーツナンバーワン決定戦」のチケットだった。毎年各県の持ち回りで行われるイベントで、今年はU県の独鯉市にある県立運動公園で行われるのだ。

前売りチケットを買えば、会場内でスイーツがいくらでも食べられる方式で、美久は正直、自費でチケットを買って行こうかと思っていたのだ。ただ、チケット代は四千円。なかなかの値段だった。正直、おごりで行けるのだったらありがたい。

「う～ん……」

さあ、どうしようか――美久は悩んだ。

守護霊刑事と怪事件

1

悩んだ末に、美久は行くことにした。

もちろん、スイーツ目当てである。

万が一、拓真が変な気を起こすようなことがあれば、守護霊の八重子が、拓真にとびきりの寒気を覚えさせて動けなくする。——そう八重子と約束した上で、拓真とデートしてやることにした。まあ、スイーツ食べ放題のチケットがタダになったと思えば、拓真と一緒に行ってやるぐらい構わない。

美久は別に、拓真のことが嫌いなわけではない。でもまあ、男として好きになることも、たぶんない。切れ者刑事的な評価を受けている拓真が、実はおばあちゃんの霊のおかげで活躍できているだけで、本当は無能でしかないという真実を、人間の中で唯一知ってしまっているのが美久なのだ。そんな男と恋に落ちようとは正直思わない。

というわけで、デート当日。電車と徒歩で約三十分かけて、第七回ご当地スイーツナンバーワン決定戦の会場である、独鯉市のU県立運動公園にやってきた。正門の前で、拓真と待ち合わせすることになっていた。

美久が集合時間の三分前に着いたところ、すでに拓真は待っていた。しかも、見るからにおろしたてのジャケットを着て、髪もしっかりムースで固めている。美久がほぼ部屋着のパーカーとジーンズ、それにノーメイクで来てしまったのと比べて、明らかに気合いが入っている。

「あ……どうも」美久はとりあえず挨拶した。

「やあ、今日は本当にありがとう」

「すいません、待たせちゃったみたいで」

「ううん、俺も今来たところだから」

どうやらタメ口で行こうとしているらしい。たぶんしばらくしたら「お互いタメ口で話そうよ」みたいなことを言ってきて、距離を縮めようとしてくるのだろう。そうはさせるか、と美久は思った。

と、拓真の隣にいる八重子が、にやっと笑いながら伝えてきた。

『今来たところだ、なんて言ってるけど、本当は一時間前に着いて、ずっとそわそわしてたわ』

『あ、そうだったんですか、なんかすみません』

「で、さっそくなんだけど、杉岡さんが好きなショーが、もうすぐ始まるんだ」

今度は拓真の言葉だ。幽霊と人間の二人と会話しなければならず、しかも幽霊と話しているのを人間に変に思われてもいけないから、なかなか大変だ。

「え、ショーって何ですか？」美久が聞き返す。

「それは見てからのお楽しみ。さあ、行こう」

「あ、はい……」

サプライズのつもりだろうか。正直、美久はサプライズがあまり好きではない。

美久の人生には、すでに「幽霊が見える」というとびっきりのサプライズが、頼んでもいないのに付いて回っているのだ。これ以上のサプライズなんて必要ない。

そんな美久を連れて拓真が向かったのは、運動公園の一角の特設ステージだった。

親子連れがちらほらといて、どうやらヒーローショーの会場のようだ。

「これ、杉岡さん好きだと思って」

「え……？」

「ほら、ウルトラライダーショー。『劇団ひざげり』っていうところがやるんだって。劇団ひざげりって、劇団ひまわりをもじってるのかな。アクションが中心の劇団らしいんだけどね。面白いよね、アハハハ」

空回り気味の口調でそんなことを言いながら、ステージ上の看板を見た拓真だったが、そこで慌てたように声を上げた。

「……あれっ、よく見たら、ウルトラライダーじゃなくて、ウルトラレイダーだ。しまった、偽物だったのか！」

たしかに看板には『ウルトラレイダー　スペシャルヒーローショー』と書かれている。それを見て拓真は頭を抱えながら、ぶつぶつ言っている。

「事前にネットで調べたのに気付かなかった。くそ、不覚だった……。ていうか、劇団名もショーもパクリって、あんまりだろ……」

だが、美久にはそもそもの疑問がある。

ライダーだろうがレイダーだろうが、美久はヒーローショーなんかにはまったく興味がないのだ。なのにどうしてここに連れてこられたのだろう……と思っていたら、傍らで八重子が声をかけてきた。

『ねえ美久ちゃん、なんでヒーローショーなんかに連れてこられたのか分からなくて、戸惑ってるんじゃない？』

『あ、はい、その通りです』

『私、分かっちゃったわ。ほら、ちょっと前の事件で、うつ伏せで寝てる人にとっては右と左が逆になる、みたいなことを伝えるために、くじの景品だったウルトラライダーの人形を使ってヒントを出してもらったでしょ？　拓真ったら、あれがあったから、美久ちゃんがウルトラライダーのファンだって勘違いしてるんだわ』

『ああ、そういうことか……』

そう言われて美久も思い出した。もちろんあれは、八重子に頼まれてやったことで、本当は美久はあの手のヒーローに興味は一切ない。

『ごめんなさいねえ。元はといえば私のせいで、こんな子供向けのショーを見させられることになっちゃって』

『ああ、いえ……』

八重子が謝ってきた直後に、今度は拓真が話しかけてきた。

「あ、でもね、この劇団ひざげりは、あの井口堅吾《いぐちけんご》を輩出してるんだって」

「え、井口……？」

残念ながら、美久はその名前も初耳だった。

「あ、井口堅吾が分からない？　ドラマの脇役とかでちょこちょこ出てる俳優だから、顔見れば分かると思うよ。……ほら、この人」

拓真が、リアクションの薄い美久にますます焦った様子で、スマホの画面を見せてきた。たしかに、名前を聞いても分からないけど顔は見覚えがある脇役俳優というのは多い。美久はスマホの画面を見た。

しかし、残念ながら、井口堅吾という俳優は、顔を見たところで同じだった。

「……もしかして、顔見ても分からない？」

ノーリアクションの美久を見て、拓真も察したようだった。

「うん……なんか、すいません」

「いや、いやいや、俺が悪いんだ」

拓真はそう言いながら、また『ウルトラレイダー』の看板を恨めしげに見上げた。

「まさか、偽物だったなんて……」

いや、本物だったとしてもテンションは上がらないんですけど――と正直に言うのは、さすがに気が引けた。


うーん、まずいぞ。今のところうまくいってないのは間違いない。その証拠に、杉岡さんにずっと敬語で喋ってこられてるもんな。こっちが思い切ってタメ口で行ったら、そろそろ彼女もタメ口できてくれるかと思ったけど、その気配すらない。たぶんこの感じだと、「お互いタメ口で喋ろうよ」なんて言っても乗ってくれないだろうな。くそ、スタートからつまずいたなあ。――拓真は焦っていた。

まあ、そうなって当然だ。本物のウルトラライダーのショーでなければ、こんなテンションになってしまうに決まっている。わざわざ職場の景品のウルトラライダー人形でジオラマを作るほどのファンなのだから、本物だったら絶対テンションを上げてくれたはずなのだ。どうしよう、こんなバッタモンのショーは見るのをやめるべきだろうか……なんて迷っているうちに、ショーが開演してしまった。

「ただいまより、劇団ひざげりのオリジナルヒーローショー、『ウルトラレイダー危機一髪』をお送りいたします」

　オリジナルヒーローだなんてよく言ったものだ、と思いながら見ていると、悪役レスラーの登場曲のような音楽がスピーカーから流れ、ステージ上に見るからに悪役という着ぐるみのキャラクターが現れた。黒と緑と紫が混ざり合った、ドクロをモチーフにしたような顔で、右手に尖《とが》った杖を持ち、やはりドクロの柄が描かれた黒いマントをたなびかせている。そのキャラクターは、子供とその親たち、一部に拓真と美久のようなカップルという、全部で二十人ほどのまばらな観客の方を向いて、杖を振りかざしてポーズをとった。そこで音楽がフェイドアウトし、スピーカーから音声が流れた。

「ふはははは、我が輩は、極悪怪人ペテゴロスだ。地球人たちの生体エネルギーを吸い取って、我々怪人たちを繁栄させ、地球を征服してやるのだ！」

　そんな台詞に合わせて、着ぐるみが動く。声の通り具合から察して、着ぐるみの中の人がマイクで喋っているわけではなく、スピーカーから流れる音声に合わせて中の人が動いているようだ。

「今日はスイーツ目当てに大勢の人間が集まってるらしいが、お前たちの笑顔を恐怖に変えてやろうではないか。ふはははは！　まずは我が輩の部下の戦闘員たちに、お前たちの……」

そこまで台詞を言いかけた時、それは突然起きた。

ボンッ！

爆音とともに、極悪怪人ペテゴロスの頭部から火柱が上がったのだ。

客席から「えっ」という小さな驚きの声が上がった後、沈黙が訪れた。果たしてこれは演出なのか、それとも異常事態なのか、誰もが判断に迷ったようだった。

その答えは、ほどなく明らかになった。

頭部が爆発した極悪怪人ペテゴロスが、杖を振り上げた姿勢のまま、ばたっと倒れた。そして、スピーカーから、明らかに動揺した声が聞こえてきた。

「あ、ちょっ……えっ……あれ……」

すぐに、ブツッとスピーカーのマイクが切られるような音がした。その段階で、客席は徐々にざわつき始めた。

そして、Tシャツ姿の、劇団スタッフと思われる襟足の長い男が、客席の後ろから走ってきて舞台に駆け上り、倒れながらもなお頭部から炎を上げ続けている極悪怪人ペテゴロスを見下ろしてから、「中止！　中止！」と涙目で叫んで両手を振り回したところで、観客たちのパニックが爆発した。

「きゃあああああっ」

「大変だ！」

「逃げろ！」

「離れろ！」

親たちが子供の手を引き、また抱きかかえ、蜘蛛《くも》の子を散らすようにステージから離れていく。対照的に、劇団スタッフと思われる、先ほどの男と揃いの黒いTシャツを着た中年女性が、客席の後ろから駆けてきてステージに上がっていく。

拓真も、多数派の人の流れに乗るわけにはいかなかった。

「ごめん、杉岡さん……デート、中止だわ」

「あ……はい」

杉岡美久は、呆然とした様子ながらうなずいた。

「怪我、なかったよね」

「はい、大丈夫です」

「ちょっと、行かないと……」

そう言って拓真はステージの上に飛び乗った。

「すぐに救急車を呼んでください！　あと、できるだけ離れて」

拓真が指示を出すと、劇団スタッフらしき襟足の長い男が「いや、ちょっと」と、戸惑った様子で声をかけてきた。拓真は、休日でも持ち歩いている警察手帳をポケットから出した。

「僕、刑事です。今日はたまたま休みで来てたんです」

「あ……そうでしたか」

劇団スタッフらしき男女は、驚いた様子ながらもうなずいた。

『あちゃ～、大変なことになっちゃったわね』

騒然とするイベント会場でぽつんと立ち尽くす美久に、八重子が声をかけてきた。

『たぶんこれ、スイーツの方も中止ですよね』美久が心の声で答える。

『うん、そうだろうねえ』

『どうしよう……』

美久が辺りを見回す。一般客も、スイーツイベントのスタッフらしき人たちも、こちらのヒーローショー会場をちらちらと見ながら、どうしたらいいかと右往左往している。一方、心ない人が、遠くからスマホを向けて撮影している。そこに映りたくなかったので美久は会場の端に寄る。

『まあ、拓真はもうあそこから動けないだろうし、私も現場見ときたいし……』

八重子が、ステージ上の拓真を見ながら言った。どうやら孫のそばに行きたいものの、美久に気を遣って客席に残ってくれているようだ。

『あ、じゃあ……私、一人で帰った方がいいですかね』

美久は気を利かせて言った。すると八重子は、少しほっとした様子で答えた。

『ああ、ごめんね美久ちゃん、本当に』

『いえいえ、仕方ないです』

『ただでさえ、せっかくの休みに遠出させちゃって申し訳なかったのに、まさかこんなことになるなんて……。それじゃ、また今度ね。本当にごめんね』

八重子はそう言って、幽霊ならではの滑らかな移動で、すうっとステージ上まで飛んでいった。

それにしても、思ってもみない休日になってしまった。

家から往復一時間の移動をした結果、一つのスイーツにもありつくことはできず、ただ心に残ったのは、若干のトラウマだけ。頭が爆発した着ぐるみの中の人が生きているとは思えない。人の死の瞬間を目撃してしまったのだ。

とはいえ、あまりにも現実離れしていて、ショックを通り越してしまっているような感じだ。それに、人の死の瞬間を見たのは初めてでも、死んだ人の霊ならしょっちゅう見ているので、一般の人よりはこんな事態への耐性が強いかもしれない。美久はそう自覚していた。

一応、拓真にはメッセージを残しておこうと思った。ご当地スイーツナンバーワン決定戦の会場に入るための四千円のチケットは、拓真持ちだった。そのことについては一言ぐらい礼を言っておこう。

『今日はありがとうございました。こんな形になって残念でしたが、私が残っていても足手まといになってしまうと思うので、一人で電車で帰ります』

電話番号だけ交換していたので、こんな文面のショートメールを拓真に打っておいた。

しばらくして返信が来た。

『ごめんね、今度埋め合わせするから』

まあ、正直、何の埋め合わせもいらないんだけど。——そう思いながら美久は駅まで歩いた。

2

ああ、デートが流れてしまった。無念なことこの上ない——。拓真は美久にショートメールを返信した後、心の中で悔しがった。

しかし、それはそれとして、目の前で事件が起きてしまったからには、捜査を尽くさなければならない。

それにしても、これは間違いなく、拓真の刑事人生の中で最大の怪事件だ。ヒーローショーの出演者の頭部が突然爆発してしまったのだ。着ぐるみの破片とともに、焼け焦げた肉片が散乱し、倒れた遺体の周りには血だまりが広がる、凄惨《せいさん》な現場となってしまった。幸いだったのは、客席とステージの間に距離があり、またほとんどの観客が爆発後に逃げたため、酸鼻《さんび》を極める現場のおぞましさを認識した客は、おそらく皆無だっただろうということだ。

すぐに警察が到着した。この会場となった県立運動公園は、独鯉署の管轄のため、同僚たちも続々と現場にやってきた。「お、早いな大磯」「実はたまたまこの会場にいて、事件の瞬間を目撃してたんです」「えっ、マジで?」という同じ内容の会話を、飯倉係長、江川、目黒、内藤と計四回交わした。もちろん、署の向かいのエミリーマートの女性店員をデートに誘って今日ここに来たということは、知られたらイジられるに決まっているので秘密にしておいた。

その後、捜査が着々と進められた。

頭部がばらばらに損壊して焼け焦げ、肩口のあたりまで焼損した凄惨な遺体は、鑑識作業の後、ブルーシートで囲まれた一角に運び込まれた。

その確認のために呼ばれた「劇団ひざげり」の座長で、爆発直後に真っ先に舞台に駆けつけた襟足の長い中年男、刈谷健介《かりやけんすけ》は、遺体を見て絞り出すように言った。

「この、肩の竜の刺青《いれずみ》……ちょっと焦げてますけど、間違いないです。宮内《みやうち》です」

妻の刈谷智美《ともみ》は、さすがに遺体を直視するのはつらかったらしく、遺体の足側の、少し離れたところで涙を拭っていた。

遺体は「極悪怪人ペテゴロス」の着ぐるみを着ていたため、さすがに人違いということはないだろうと思われたが、万が一の可能性を考え、確認をしてもらったのだった。その結果、やはり遺体は、ペテゴロスを演じていた劇団員の宮内明斗《あきと》だと判明した。

「宮内さんは、劇団員の中でもリーダー格だったとか」

目黒が確認すると、「ええ、そうです」と刈谷健介がうなずいてから語った。

「役者は舞台の上で死ねたら本望だ、なんて言いますけど、こんな死に方は本望のわけがないですからね。本当に気の毒です」

重苦しい沈黙が訪れたところで、妻の刈谷智美がつぶやいた。

「それにしても、まさか渡辺君がこんなことをするなんて……」

「そうだよな。ナベがまさか、こんなことを……」刈谷健介もうなずいた。

容疑者は、初動捜査の段階で、すでに特定されていた。

渡辺翼《わたなべつばさ》。三ヶ月前に入った最も若手の劇団員で、ナベという愛称で呼ばれていた。

「で、ナベの行方は分かったんでしょうか？」刈谷健介が尋ねてきた。

「今、追っている最中です。なんといっても、あんな格好のまま逃げたわけですから、目撃情報は多数あると思います」拓真が答える。

「たしかに、あれはびっくりしたな……」目黒もうなずく。

この少し前に、防犯カメラを確認した際、モニターを見ていた刑事たちに衝撃が走った。なんと渡辺翼は、覆面と全身タイツにドクロの模様が描かれた、悪の組織の戦闘員の衣装のまま、ステージ裏から走って逃げていたのだ。おそらく日本の犯罪史上最も分かりやすい、逃走犯の姿だった。

「ちなみに、渡辺の素顔の写真は、さっき送ってもらったこれだけですかね？」

目黒がスマホの画面を見せると、刈谷智美が謝った。

「すみません、そんなのしかなくて。探してみたんですけど、見つかったのはそれだけです」

「そうですか。まあ、無いよりは全然いいんで、ありがとうございます」

渡辺翼の顔写真は、刈谷智美が劇団の稽古場でスマホで撮ったものが一つ残っているだけで、今のところはそれが唯一の手がかりだった。稽古中に何か台詞を言っている様子の、ピンぼけ気味の画像データ。それでも、面長で目が小さく、下ぶくれの頬という特徴はよく分かった。

「彼は、あの衣装のまま駐車場に行き、黒のハイエースに乗って逃げたようです」

拓真が言うと、刈谷健介が呻くように返した。

「ああ、うちの劇団の車ですね。ここに来る時もナベが運転してたから、鍵も持たせてましたし……」

「渡辺さんの行きそうな場所の心当たりはありますか？」

「すいません、それがまったく……」

「渡辺さんの自宅の場所も、ご存じないんでしたよね？」

「ええ、まさかこんなことになるとは思ってなかったんで」刈谷健介は泣き顔で語った。「ギャラが発生する仕事が入ったら、源泉徴収とかで必要なんで、必ず住所を聞くんです。ナベにとっての初仕事は今日だったんで、終わった後にでも住所を聞くつもりだったんですが、まさかこんなことになるなんて……」

「あ、ていうか……」妻の刈谷智美が思い出したように付け加えた。「私、その前にもナベ君に住所聞こうとした時があったんです。今日の仕事がもう決まってたから、その前に聞いておこうと思って。でも、ナベ君に『引っ越したばっかりで番地が思い出せない』とか言われて、結局その時は聞けなかったんです」

「じゃ、その時にはもう、今日こんなことをやるって決めてたのか……」刈谷健介が嘆いた。「まあ、そりゃそうだよな。わざわざ火薬とか用意してこんなことするなんて、ちょっとやそっとの準備期間でできることじゃないもんな」

「たしかに、かなりの量の火薬を用意したものと思われまして、我々も正直言って驚いてます。日本でそんな量の火薬を用意するのは、素人には難しいことですから」

目黒がそう言った後で、刈谷健介に質問した。

「渡辺が、そういったルートに詳しかったとかいう話は聞いてませんか？」

「ああ、ナベは元々、舞台の特効をやってたんです」

「特効？」

「特殊効果のことです。大きな舞台やコンサートとかで、花火とかCO_2を使うような演出がありますけど、渡辺は元々そういうスタッフだったと言ってました」

「ああ、そうだったんですか」

「だから、火薬の入手とか、ああやって宮内を殺した手口とかも、そこで学んだものを悪用したんだろうと思います」

刈谷健介は無念そうにうつむきながら語った。

「しかし、こんなことになるなら、宮内の厳しい指導も、もっと抑えさせてたんですけどね。――一応、座長は私ですが、新人の指導は宮内に任せてたんです。宮内の指導は厳しかったですが、愛があってのことだと思って、私は黙認してました。ただ、ナベにはそれが分からなかったんでしょうね。まさかこんなことをしでかしちまうなんて……」

いったん言葉を切ってから、刈谷健介はさらに語る。

「ナベはね、ヒーローショーに憧れて身一つでうちの門を叩いたほどの男ですから、情熱はあったんです。ただ、いかんせんアクションの素質がなかった。正直私は、ナベはこれから、趣味で続けられればいいぐらいのレベルかな、と思ってたんです。でもナベは、アクションの道で飯を食っていきたいと言った。だから宮内も、指導に熱が入ってしまった。怒鳴るのは当たり前だったし、時には手を出すようなこともありました——。ナベは一生懸命ついていこうとしていたように見えましたけど、こんな無茶苦茶なことをしでかしたってことは、腹の中で宮内を恨み続けてたってことでしょうね」

最後に刈谷健介は、力なく言った。

「私はそれに気付けなかった。座長として、すべて私の責任です」

3

劇団ひざげりは、刈谷夫妻以外の団員は五人という小所帯だった。殺人事件の被害者である宮内明斗と、加害者とみられる渡辺翼を除くと、残りが三人。彼らへの聞き込みも、ステージ裏で行われた。

「やっぱり、宮内さんの指導が厳しすぎたんだと思います」

そう語ったのは、田渕亜矢《たぶちあや》。悪の戦闘員のドクロ柄のスーツを着ている。アクションを鍛えているというだけあって、細身でスタイルのいい女性だ。

「でも、ナベも物覚えが悪かったからな。普通は一教えれば分かるところを、三とか四教えないといけなかったろ」

大河原晴也《おおかわらせいや》が言った。彼はぱっちりした目に細長い顔で、二枚目半といった感じの風貌だ。今日は主役のウルトラレイダーを演じる予定だったとのことで、首から下はヒーローのスーツを着たまま聞き込みに応じていた。

「ただ、やっぱり宮内さんもスパルタすぎたろ。正直、俺だってあんなに厳しくやられたら逃げ出してたかもしれないもん」

そう語った坪江修平《つぼえしゅうへい》は、小太りで、悪の戦闘員役だった。服のドクロ模様が少し膨れて見える、いかにも三枚目といった風情だ。

三人とも二十代の若者で、アクション俳優を志してはいるが、地方劇団の活動だけで生計が立てられるはずもなく、それぞれ平日の昼間は別の職業を持っていた。大河原晴也は建設業、田渕亜矢は事務、坪江修平はレストランで働いているとのことで、劇団の運営だけで生活できているのは、座長の刈谷夫妻だけだった。それも決して豊かな生活ではないのだろう。

「でも、俺たちも最初は宮内さんに厳しく指導されたけど、そのおかげで基礎が身についたわけだし、宮内さんなしでは劇団は回っていかなかっただろうし……」

大河原晴也の言葉に、坪江修平もうなずいた。

「たしかに、立ち回りの中心は宮内さんにしか務まらなかったからな」

「やっぱり、宮内さんは団員のリーダー格だったんですか？」

江川が尋ねると、大河原晴也が答えた。

「そうですね。座長に次ぐナンバーツー……というか、身体能力で言えばナンバーワンでしたから」

「だからナベも、面と向かって盾突いても勝てるわけがないから、あんなことしちゃったのかな……」坪江修平が沈んだ声で言った。

「本当に、まだ実感湧かないわ」田渕亜矢も悲しげにうなずく。

「ちなみに、渡辺さんが行きそうな場所に心当たりは？」

江川が尋ねたが、大河原晴也と坪江修平が答えた。

「ああ、さっきも別の刑事さんに聞かれましたけど、正直分からないですね」

「まだ彼が入って三ヶ月で、稽古は週に一、二回だったんで、それほど親しくなれてもいなかったし」

「そうですか……」

新人劇団員の渡辺翼は、あまり先輩たちと心を通わせることもなく、ただ厳しい指導役の先輩への恨みばかりを募らせて、こんな凶行に及んでしまったらしい。

会話が途切れ、しばらく重苦しい沈黙が続いた。そこで拓真が、ふと思い出して話題を振った。

「あ、そういえばこの劇団って、あの井口堅吾さんがOBなんですよね？」

「へえ、ご存じなんですか」

「珍しいですよ。一般の人で、井口堅吾の名前までちゃんと出てくる人って」

田渕亜矢と大河原晴也が、驚いた様子で言った。

「ええ、以前から割と好きな俳優さんだったんで、知ってました」

というのは嘘で、本当は拓真は、この会場でヒーローショーを演じるとチラシに書かれていた劇団ひざげりについて、今日のデートに先立ってネット検索した際に知っただけだった。井口堅吾の顔と名前が一致していたわけでもなく、この人テレビで見たことある気がするなあ、ぐらいの認識しかなかった。

「ただ、正直言って、座長以外は全員、井口さんとは面識はないんですよ。ずいぶん前に辞めてらっしゃいますから」坪江修平が言った。

「井口さんの方もプロフィールから消してるぐらいだし、たぶん今の私たちのことなんて何の関心もないと思います」田渕亜矢も付け足した。

「あ、そうですか……」

おそらく劇団が輩出した唯一のスターといえる俳優の名前を出したところで、会話が弾むことはなかったので、その話題はそれっきりだった。

と、そこに、他の刑事たちの聞き込みに応じていた刈谷夫妻がやってきた。そして、座長の刈谷健介が、沈痛な面持ちで告げた。

「みんな、申し訳ない。劇団ひざげりは、もう解散だ」

「ああ……」

劇団員たちから落胆の声が漏れた。事態が事態だけに、ある程度予期していたことだったのだろうが、それでも、みな一様につらい表情を浮かべた。

「ただでさえギリギリの人数でやってたのに、二人も減ったんじゃ、最低限の活動もできない。何より、こんな大変な事件を起こしてしまった以上、今後仕事の依頼があるとも思えない。――すまないが、分かってくれ」

「ちくしょう……」坪江修平が涙ぐんだ。

「くそっ、最悪だよ！」大河原晴也が、拳で自分の太ももを打って叫んだ。

「でも、冷静に考えたら、無理だよね。こんな事件を起こした劇団のヒーローショー、呼びたい人誰もいないよね」

田渕亜矢が、涙声ながらも冷静さを持ってつぶやいた。刈谷健介が、押し殺したような声で告げる。

「お前たちは、劇団ひざげりにいたという経歴を隠せば、それぞれ新たな場所で、また役者としてやっていけると思う。みんなも知ってるだろうが、宮内は児童養護施設で育って、肉親がいない。だから、身内だけで小さな葬式をしよう。……今こんなことを言うのも心苦しいけど、劇団に残ってる金は、宮内の葬式を大きくすることに使うよりも、お前たちに分配してやりたい。少ない金だけど、少しは今後の足しになると思う」

刈谷健介は、声を震わせながら言った。

「たぶん、宮内もそう言うはずだ。あいつは厳しい奴だったけど……自分のことより、他人のことを優先する奴だったから……」

「ううっ……」

田渕亜矢が、顔を両手で覆った。こらえていた涙が止められなかったようだった。

「せめて渡辺を、生きたまま逮捕してやってください」

大河原晴也が、涙を浮かべながら拓真に頭を下げてきた。

「はい、全力を尽くします」

拓真も慌ててお辞儀を返した。

4

しかし、劇団員たちの願いは、叶わない公算が高くなった。

一晩経っても、渡辺翼の行方はつかめなかった。彼のスマホの電波を調べたところ、どうやら彼は犯行の十分ほど前からずっと電源を切っていたようだった。また、彼が乗って逃げた劇団のハイエースは、建物や人けの少ないルートを選んで通ったようで、各所の防犯カメラにもとらえられておらず、追跡は難航した。

そんな中、事件翌日の夜に事態は急展開した。

「海岸の岸壁沿いの道路に車が違法駐車されている」という通報を受け、交通課のパトカーが現場まで赴いた。すると、停まっていたハイエースのナンバーが、目下捜索中の劇団ひざげりの車と一致したのだ。

その運転席には、走り書きのメモが残されていた。

「全部いやになりました。だから宮内さんを殺しました。ぼくも死にます。みなさんごめんなさい」

その岸壁の一帯は、ネット上では密かに自殺の名所と呼ばれていて、数年に一度自殺が発生してしまい、また離岸流によって遺体が見つからないことも多いため、独鯉署も頭を悩ませている場所だった。ダイバーを投入して付近の海域の捜索が行われたが、見つかったのは岩場に打ち上げられたドクロ柄のスーツだけだった。

「死体から脱げたのかな」

「いや、飛び降りる前に着替えて、投げ捨てたんだろ。さすがに、死装束《しにしようぞく》がこんな妙な全身タイツってのは、嫌だったんじゃないか」

そんな会話を交わしながら、ドクロ柄のスーツを回収するダイバーたちの傍らで、拓真はじっと考え込んでいた。

「まあ、被疑者死亡のまま、事件は片付いたってことか……」

目黒が隣で、声をかけてきた。

「そうなるんですかね……」

拓真は曖昧にうなずいた。なんともすっきりしない終わり方だが、体に寒気が走るようなこともない。事件に裏があることを、体が本能的に察知している感じでもない。ということは、これで終わりなのだろうか。それでいいのだろうか——。

う～ん、これで終わりなのかな。それでいいのかな——。八重子もまた、なんともいえないもやもやした気持ちだった。

ヒーローショーの劇団員が、頭に火薬を仕掛けられ爆殺された、非常にショッキングな事件。ともすれば恐ろしい猟奇殺人のようだが、犯人は劇団の先輩への鬱屈《うつくつ》した恨みを爆発させ、本当に彼の頭を爆発させてしまったという、きわめて直情的で単純な犯行だった。そして、当の犯人はもう死んでしまっているので、これ以上対決する必要もない。その点はなんだか拍子抜けしたような感覚もある。

これで解決ということで内心ほっとしている気持ちと、もしかすると何か大事な点を見落としているのではないか、という不安が同居していた。かといって、何を見落としているのか、具体的な可能性が思い浮かんでいるわけでもない。

『う～ん、これでいいのかな……』

誰にも聞かれない独り言を、八重子はつぶやいた。

その後の捜査で、渡辺翼の逃走ルートの脇の草地から、爆破に使ったとみられる、乾電池が入った手製のリモコンが見つかった。着ぐるみに内蔵されていた起爆装置は、爆発のせいで原形をとどめておらず、焼け焦げた金属部品しか見つからなかったが、それらはある程度の電子工作の知識があれば、比較的簡単に作れる物のようだった。

また、劇団ひざげりの倉庫から舞台演出用の火薬がなくなっており、それが犯行に使われたようだということも、のちの捜査で判明した。

「昔、まだ劇団員がたくさんいて、規模の大きなショーもやってた時期に、火薬を使った演出もやってました。長いことやってなかったんで、もう火薬なんて使うこともなかったんですけど……」

劇団の稽古場を訪れた拓真と目黒に、座長の刈谷健介は語った。

「そもそも、大した量は残ってなかったはずです。ただ……着ぐるみの頭に仕込んで爆発させれば、殺してしまうだけの量はあったっていうことですよね。その危険性を考えてなかったのは、私のミスです」

刈谷健介は悲しげな表情で話を続けた。

「一応、鍵はかけてましたし、鍵をこじ開けられた時に音が鳴る警報装置も付いてましたけど、事務所の鍵を持ち出されて、元に戻されてたら気付かなかったですね。そもそも、こんな田舎の劇団の倉庫に泥棒が入ったことなんてないですし、まして火薬が入ってたことなんて、私たち夫婦と、殺された宮内以外は知りもしませんでしたから……。半年に一回点検はしてましたけど、その合間に団員にこっそり盗まれたら、気付きようがなかったですね」

「ただ、逆に言うと、こんな田舎の劇団の敷地に、やけに厳重な警報器が付いた物置があったから、ナベ君はここに火薬が入ってるって気付いちゃったんだと思います」刈谷智美も、夫の説明に付け足した。「特効に関わってたナベ君なら、火薬の入った倉庫には警報器を付けなきゃいけないことも知ってただろうし」

一方、そんな事情聴取をしている傍らで、劇団員たちは稽古場の荷物をまとめていた。その様子を見て、拓真が尋ねた。

「もう、劇団の荷物は全部処分しちゃうんですか？」

すると刈谷健介は、寂しそうに答えた。

「まだ使える備品で、団員たちが欲しがらない物は、みんな知り合いの劇団に送ろうと思ってます。ネットオークションに出すことも考えましたけど、買い手がつきそうもない物ばかりですからね」

「この辺、全部積んじゃっていいですかね」

劇団員の大河原晴也が、首にかけたタオルで汗を拭いながら指示を仰ぐ。

「うん、そこはもう全部いいや」

刈谷健介がうなずく。他の団員らも、外に停まったハイエースの荷室に、稽古場の中の荷物を続々と運び込んでいった。

「あ、そういえば……車、もう一台あるんですね」

拓真がハイエースを指差して言った。渡辺翼が岸壁まで行って乗り捨てたハイエースは、まだ証拠調べのために警察署に留め置かれている。

「ああ、一応、二台持ってたんですよ。どっちも中古の安物ですけどね。――あの日も、ナベに車を盗まれちゃったから、いったんこの稽古場までタクシーで戻って、その車を出して会場のデパートに行って、荷物を載せて帰ってきたんです。片付けが終わった時はもう深夜でしたけど」

刈谷健介はそう説明した後、おずおずと言った。

「できれば、あっちの車も返してもらえると助かるんですけど……」

「ああ、すいません。証拠調べが終わり次第お返ししますので、もうちょっとお待ちください」拓真が丁重に頭を下げた。

その後、拓真と目黒は、捜査状況などの一連の報告をして、「どうも失礼しました」と劇団員たちに挨拶をして稽古場を出た。

稽古場のはす向かいに、中華料理屋があった。時刻は十一時半。ランチタイムの少し前だ。

「そこで飯食って行っちゃうか」

「そうですね」

拓真と目黒は、その中華料理屋『大留飯店《おおるはんてん》』に入った。すると、カウンターの中の小柄な男性店主が、甲高くて早口な関西弁で声をかけてきた。

「いらっしゃい。……あれ、兄ちゃんら、劇団の子やないね」

「あ、はい……」

「稽古場から来たように見えたさかい、てっきり団員の子や思たんやけど」

「ああ、なるほど」拓真はうなずいてから質問した。「やっぱり、ご主人は劇団の方とは親しいんですか?」

「まあ、親しいっちゅうほどやないけど、顔見知りではあるね。見ての通り近いし、いつも誰かしら来てくれはったから。……あ、長話してもうてすんませんね、注文どうぞ」

「あ、はい」

拓真と目黒が、それぞれラーメンと炒飯のランチセットを注文した。他に客がいなかったこともあり、すぐに料理が出来上がった。

「いただきます……うん、美味しい」拓真が言った。

「そらおおきに」店主は微笑んでから、声を潜めた。「せやけどまあ、あの劇団も大変なことになってしもてねえ……。あ、そのことは知ってんの?」

「ええ、知ってます」

「兄ちゃんら、劇団の関係者か何か?」

「ええ、あの……」

少し迷ったが、拓真は正直に名乗った。

「実は僕たち、警察の者でして」

「あ、そういうことかいな」店主は納得したようにうなずいた。「驚いたでえ。頭爆発させよるなんてなあ。こんなことなって、劇団のみんなもしんみりしてもうてなあ。事件の前までは、元気がええっちゅうか威勢がええっちゅうか……稽古場の怒鳴り声が、ようこっちまで聞こえてきたわ」

「ああ、そうだったらしいですね」

被害者の宮内明斗が、容疑者の渡辺翼を稽古のたびに怒鳴っていたという証言は、劇団員からも聞いていた。

「あの、殺された兄ちゃんもよう怒鳴られてたで。宮内っちゅう名前がニュースで出てたさかい思い出したけど、『こら宮内！』いう声、何べんも聞いたもんな」

「えっ……ああ、そうですか」

宮内に対して怒鳴るということは、声の主は座長の刈谷健介だったのだろうか。彼は拓真らに対しては穏やかな態度だったので、劇団員を怒鳴る姿はあまり想像できなかったが、やはり座長たるもの、ナンバーツーを怒鳴りつける場面もあったのだろう。

「でもやっぱり、一番多かったのは『こら渡辺！』っていう怒鳴り声だったんじゃないですか？」拓真が尋ねた。

「渡辺？　う〜ん、どうやったかいな……」店主は首を傾げた。「まあ、俺もずっと聞き耳立てとったわけやないしな。名前覚えるほどの付き合いでもないし」

渡辺という名は、まだ公表はされていない。住所も本籍も現時点で分かっていないし、すでに自殺したとみられているため、報道では『容疑者の男性劇団員』として呼ばれていない。だから思い出していないだけかもしれない。

ただ一方で、拓真の頭の中に、ふとしたひらめきが訪れた。

まったく見当外れかもしれないが、これはひょっとすると……。

「大磯、どうした？　食欲ないのか」

箸が止まっている拓真の様子を見て、目黒が声をかけてきた。

「あ、すいません」

拓真は慌てて箸を進めた。ラーメンは美味しかった。ただ、それよりも拓真の頭の中は、ある突飛なひらめきで徐々に満たされていった。

「どうも、ごちそうさまでした」

「色々聞かせていただいて、ありがとうございました」

食事を終え、拓真と目黒は店主に声をかけた。

「いやいや、こちらこそ、ほんまおおきに」

会計を済ませ、笑顔の店主に見送られ、店を出た。

「大磯、何か考えてるのか？」また目黒が声をかけてきた。

「あ、ええ、ちょっと……」

拓真は歩きながら、じっと考えに耽《ふけ》っていた。

「今さら聞き込みに行くのか？　何のために」

駒田刑事課長の問いかけに、拓真は答えた。

「ちょっと、気になったことがありまして」

「で、その井口ってのは何者なんだ」

「劇団ひざげりの元団員で、今は時々テレビにも出てる俳優です。……あ、顔を見れば分かるかもしれません」

拓真は、スマホで井口堅吾の画像を検索し、駒田課長に見せた。

「ほら、この人です」

駒田課長は、その画面を数秒見てから言った。

「ああ……ごめん、顔見ても分かんないや」

「あ、やっぱり」拓真は苦笑した。

5

「ニュースを見て驚きましたよ。まさかあんな大変なことが起きるなんてね」

井口堅吾は言った。さほど有名でもハンサムでもない脇役俳優であっても、やはり間近で見ると、一般人とは違う芸能人のオーラのようなものが感じられた。

拓真は井口堅吾の所属事務所に連絡をとり、一ヶ月にわたる映画の地方ロケを終えてオフとなっていた井口に、事務所で会えることになったのだった。

「一応事務所を通じてコメントを出しましたけど、ここだけの話、劇団ひざげりに愛着はないんですよね」井口堅吾は冷めた口調で語った。「喧嘩別れして辞めたし、本格的に俳優への道筋をつけてくれたのは次に所属した劇団でしたし」

「あ、そうだったんですか……」

「まして、今いる団員なんて誰も知らないですよ。あの死んじゃった人も、宮内とかいったっけ？　僕がいた頃はいなかったですもん。だから悪いけど、参考になるようなことは何も話せないですよ」

つれない態度だったが、拓真が確かめたいことは一つだけだった。拓真は、心に引っかかっていた疑問について質問した。

「うかがいたいのは、座長の刈谷健介さんのことなんです」

「ああ、久しぶりに名前を聞きました。できれば一生聞きたくなかったけどね」

井口堅吾は露骨に不快そうな表情を浮かべた。

「やっぱり、厳しい方だったんですね」

「ええ、それも愛のある厳しさじゃない。ただの八つ当たりみたいな怒り方をするんですよ。それが嫌で僕は辞めたんですから」

「でも、我々警察に対しては、割と人当たりがいいように感じたんですけどね」

「そりゃ、あの手の人間はみんなそうですよ。相手によって態度を変えるんです。逆らわない方がいい相手には行儀よく見せるんですよ。あなたたちのような警察とか、それにヤクザとか」

「ヤクザ、ですか?」

「だってあの人、黒い交際みたいなこともあったでしょ」

「えっ、そうなんですか?」拓真は前のめりになった。「そのことについて、もう少し詳しく教えていただけますか?」

「あ、まあ、僕もはっきり知ってるわけじゃないけど……」

井口堅吾は少し言葉を濁してから、決定的な一言を放った。

拓真は、身震いするのを抑えて、その言葉を聞いた。

6

「大磯、本当か?」

驚いて目をむいた駒田刑事課長に、拓真はうなずいた。

「間違いないと思います」

そして拓真は、駒田課長に提案した。

「真犯人を、言い訳できない形で追い詰めるために、ちょっとした罠《わな》を仕掛けてみようかと思うんです」

「罠か……」

拓真は、その内容を説明した。すると駒田課長は腕組みをしてうなずいた。

「なるほど、危険も伴うと思うが、たしかに名案だな」

「ただ、ちょっと不安もあって……。実は、寒気がしないんです」

「えっ？」

「事件の真相に近付いてる時、いつも原因不明の寒気があるんですけど……」

と言いかけてから、拓真ははっとして言い直した。

「あ、そんなこと言われても困りますよね。すいません、気にしないでください」

『寒気がしないってことは、拓真が一人で真相に気付いたってことよ！　喜んでいいのよ！』

八重子は、聞こえないとは分かっていながら、拓真に声をかけていた。

ついに拓真が自分で推理をして、事件の解決に向けて動き出したのだ。これは大きな成長だ。八重子は感激していた。

それと同時に、ある予感を覚えていた。

もしかすると、これで私は——。


『え、本当ですか？』

美久は、八重子の話を聞いて、パンを品出しする手を止めた。

『拓真がね、もしかしたら自力で事件を解決できるかもしれないの。ついさっき、自分で推理をしたところなんだけど——方向性は正しいと思う』

八重子はそう言ってから一呼吸置いて、美久の目を見て告げた。

『もし、本当に一人で事件を解決できたら……私はもう、必要なくなるのかもしれない』

『あの、必要なくなるっていうのは……』

『いよいよ、来るべき時が来る気がするの。——成仏する時が』

『成仏、ですか』

美久はかける言葉が見つからなかった。

『あの、成仏っていうのは、八重子さんがもう……』

『うん。完全に消えるっていうこと』

そう言われて、美久はさすがにショックを受けた。

孫のためにヒントを出すように頼んできたり、そのあと頼んでもいないのに事件の真相を語りにくるのは、正直まあまあ迷惑だったけど、もう会えなくなってしまうのは寂しい。八重子は、美久の今までの人生の中で、唯一心を通わせることができた幽霊だったのだ。

『もし私が成仏したら……拓真をよろしくね』

『え、よろしくって言われましても……』

『あの子は、そそっかしいところはあるけど、絶対にあなたを大事にするから』

と、そこで八重子が、店の自動ドアの方向に目を向けた。

『あ、噂をすればだわ』

拓真が来店した。彼はドリンクコーナーでペットボトルのお茶を選ぶと、すぐにレジに向かってきた。

「いらっしゃいませ」美久が接客する。

「すみません。この前は、あんなことになってしまって……」

拓真が、うつむき加減で美久に言った。

「あ、いえ、仕方ないです……」美久が返す。

「もしよかったら、またいつか……」

拓真は顔を赤らめて言うと、耐えきれなくなったのか、店の出口に向かってしまった。

「その時には、また来ます……」

そう言い残して、拓真は店を出て行った。

そしてまた、ペットボトルのお茶だけが、レジ台の上に残された。

『本当にね、そそっかしいんだけど……ごめんなさいね、いつも手間かけさせちゃって』

お茶を戻しに行く美久に、八重子が声をかけてきた。

『いえいえ、大丈夫です……』

しかし、本当に八重子さんはもうすぐ消えてしまうのだろうか――美久は切ない思いでいっぱいだった。

7

翌日の、劇団ひざげりの稽古場。

そこで、こんな会話が交わされていた。

「荷物はおおかた運び出した。明日業者が来て、奥にある残りを片付ける」

「これで、全部終わりだね」

しばらくの沈黙の後、忍ばせた声で、言葉が交わされる。

「奴らが真相に気付くことはない。今日も二人組の刑事がちょっと捜査に来たけど、すぐに帰ったもんな。まあ、手がかりなんて何も見つかるはずがないんだ。これで計画通りいけるはずだ」

「そうだよね。私たち、ようやく一緒になれるんだよね」

「そうだな」

「ちょっとちょっと、のろけないでくださいよ」

「はっはっは」

「じゃ、残った金を山分けして解散だ。この修羅場をくぐり抜けた経験を、それぞれいい方向に生かしていこう……」

――と、その時。

突然、大きな声が響いた。

「なるほど、やっぱりそういうことでしたか！」

稽古場の奥の、カーテンの陰から姿を現したのは、拓真だった。

「わあっ！」

驚きの声が稽古場に響く。そこで拓真は告げる。

「聞かせていただきました。そして録音もさせていただきました」

拓真はそう言って、ＩＣレコーダーを掲げた。

拓真の目の前にいたのは、刈谷智美、大河原晴也、田渕亜矢、坪江修平、そして刈谷健介――劇団ひざげりのメンバー全員だった。


「ふ、ふざけるな。勝手に忍び込んで、こんなの違法捜査だろ！」

大河原晴也が叫んだ。しかし拓真は言い返す。

「いやいや、ここに入る許可はもらいましたよ。あなたたちが勝手に、僕が帰ったと勘違いして、あんな話を始めちゃっただけです。――ちなみに種明かしをしますと、ここに来た時は、僕とＡ刑事だったんです。で、あなたたちが離れた隙に、別のＢ刑事がここに来たんです。そして、あなたがさっきおっしゃった、すぐに帰った二人組の刑事というのは、僕以外のＡ刑事とＢ刑事だったんですよ」

犯人たちの前であえて名前は出さなかったが、Ａは目黒、Ｂは江川のことだった。

「二人の男性刑事が稽古場を訪れ、二人とも帰った」という印象を与えるために、団員たちが少し目を離した隙に、拓真がさっとカーテンの陰に隠れ、江川が入り込んだのだった。

「要するに、あなたたちと同じ手を使わせてもらったわけです。知らない人間二人が入れ替わっていても、他人から見ればそう簡単には気付かないっていうね」

劇団員たちは一様に息を吞んだ。そこで拓真が、リーダー格の男を指差した。

「あなたは座長の刈谷健介さん……ではなく、殺されたことになっていた、宮内明斗さんですね」

目を見開いて言葉を失った彼に向けて、拓真は問いかける。

「あなたは施設で育って、親族と音信不通だった。つまり、宮内明斗名義の遺体のDNA鑑定をしても、親族をたどられて本人でないことがばれることはない。その境遇を利用したわけですね。そして、逃走した犯人の渡辺翼……なんて劇団員は、最初から存在しなかったんですよね」

劇団員たちはみな、絶望的な表情で視線を落とした。

「渡辺翼。たしかにちょうどいい名前ですよね。佐藤や鈴木ほど多くはないけど、日本で五番目に多い苗字の渡辺。そして翼という、長年にわたって人気のある名前。偽名じゃないかと即座に疑いたくなるほどありふれてはいないけど、同姓同名の人は全国に山ほどいて、住所も本籍も分からないとなると、警察にとってはなかなか特定しづらい。しかも、台詞の覚えが悪かったとか、コミュニケーションが苦手だったとか、みんなが彼の人となりをリアルに語ったから、まさか実在しない人間だったとは思いませんでした。あ、あと、この渡辺翼の写真。これもわざわざ手間をかけて作ったようですね」

拓真がポケットから、渡辺翼の写真——だと説明された写真を取り出した。

「渡辺翼の存在をリアルに作り上げるには、さすがに写真の一枚ぐらいは欲しい。ただ、ネットから拾った誰かの顔写真をそのまま渡せば、指名手配でもされた場合にすぐばれてしまうし、パソコンのソフトで多少加工したところで、それを解析できるソフトもあるから、ばれる危険性が高い。それを見越して、大河原さんにメイクを施して撮影したんですね。ぱっと見た感じは全然違いますが、鑑識が骨格などをコンピューターで解析したところ、大河原さんときわめて近いという結果が出たそうです。たしかに、面長な輪郭は共通してますよね。さすがに顔の輪郭まで著しく変えるのは、専門の特殊メイクじゃないと無理でしょうから、これが限界だったんでしょう。とはいえ、大河原さんのぱっちりした目を小さく見せて、さらに下ぶくれの頬も、口にティッシュでも詰めたんでしょうか。少なくとも、ぱっと見ただけでは同一人物だと思えないぐらいに作り上げたんだから、大したものでしたよ」

大河原修平が悔しそうに目を伏せた。

「たぶん、渡辺翼として海岸まで逃げる役も、大河原さんがやったんでしょう。本物の刈谷健介さんを殺した後、ハイエースで岸壁まで逃げ、運転席に遺書を置き、ドクロ柄のスーツを海に捨てて車を放置した。そしてすぐタクシーを呼んで、県立運動公園まで戻った。爆発から大河原さんに聴取するまでは、刈谷さん……と思われていた宮内さんに遺体の確認などをしてもらっていたので、数十分の猶予がありましたからね。――あ、そのタクシーも、どうにか見つけました。事前に車載カメラがない個人タクシーを見繕っていたんでしょうね。でも、あの日岸壁の近くから電話で呼ばれて、県立運動公園まで乗せた客がいたことを、運転手さんが覚えていました。探すのには苦労しましたけどね」

拓真はさらに語る。

「あ、あと、スマホにも手間をかけましたね。本人確認書類を偽造して、半年も前から渡辺翼名義で格安スマホを契約してたんですね。そのスマホを、犯行直前に電源を切って捨てた。ただ捨てるためだけのスマホを契約するとは、周到な計画です。まあ、存在しない人間を仕立て上げるには、これぐらいしないといけなかったですよね。そして、渡辺翼の住所も知らないということで通した。一般的な職場では無理があったでしょうけど、雇用契約などを結ばない劇団だからこそできた言い訳ですよね。――こうやって、全員が口裏を合わせて警察をだまし切る。普通だったらまず躊躇《ちゅうちょ》してしまうような計画ですが、なんたってみなさんは劇団なわけですから、示し合わせて芝居をするのは得意でしたよね」

そこまで語ってから、拓真は少し笑みを浮かべながら言った。

「ただ、正直、ちょっとした違和感はあったんです」

「違和感？」宮内明斗が聞き返す。

「劇団の解散を、座長の刈谷さんに扮した宮内さんが告げた時、みんな涙を浮かべながら、悔しそうな言葉を口にしましたよね。大河原さんなんて、『せめて渡辺を、生きたまま逮捕してやってください』なんて涙ながらに言ってきましたけど、あの時、僕は密かに思ってたんです。……なんか、ちょっと芝居がかってるなあって」

「何だと……」

鬼の形相で睨みつけてきた大河原晴也をからかうように、拓真はさらに言う。

「あ、怒っちゃいました？　すいません。でも正直、『あ～、いかにも売れてない小劇団の、臭い芝居だなあ』って感じがしました」

「てめえこの野郎……」

殴りかからんばかりの剣幕の大河原晴也を見て、拓真が言った。

「そこまで怒るということは、自分たちが芝居をしていたことを認めたのと同じことですよね」

「うっ……」

大河原晴也が、実に分かりやすくうろたえた。それを見て、拓真が話を続けた。

「そんな違和感が、近所の方や、元劇団員の井口堅吾さんに話を聞いて、具体的な推理に結びついたんです。まず、稽古場の周りにはよく怒号が聞こえていて、『宮内!』という怒鳴り声が特に頻繁に聞こえたという証言を聞きました。劇団のナンバーツーの宮内さんを呼び捨てで怒鳴るとしたら、座長の刈谷さんしかいません。さらに、刈谷さんがかなり激しい性格の人だったという証言も、井口さんから聞きました。——でも我々には、刈谷さんはとてもそんな人には見えなかった。まるで、みなさんが語る宮内さんと、刈谷座長が逆になっているような評価でした」

刈谷健介を演じていた宮内明斗が、大きくため息をついた。拓真はさらに語る。

「そしてきわめつきが、井口さんの証言でした。井口さんは、刈谷座長に黒い交際があったというような話をしたんです。僕が詳しく聞かせてほしいと食いついたら、こう言ったんですよ。『だってあの人、肩に竜の刺青あったでしょ』って——」

その時に拓真は、この事件の真相を完全に見抜いたのだった。井口堅吾は「まあ、僕もはっきり知ってるわけじゃないけど……」と前置きしてはいたが、刈谷座長の肩の刺青は見たことがあったようだった。

「肩の竜の刺青といえば、あの頭部を爆破された遺体と同じ特徴です。そこでようやく確信が持てました。宮内さんと刈谷さんは、実は逆なのではないかと——。思い返してみれば、OBの井口さんの名前を出した時、みなさん少し慌てた様子に見えましたし、『ずいぶん前に辞めてるから今の劇団に関心もないと思います』みたいなことも言ってました。あれは、我々が井口さんに話を聞きに行って、本物の刈谷さんに関する証言をされたら、この大仕掛けがばれかねないと思ったからですね。また、事件の日は、井口さんが映画の撮影で長期の地方ロケに出かけていた。もし井口さんがお悔やみにでも来てしまったら、やはりこのトリックが一発でばれかねないので、おそらく井口さんのスケジュールも調べて、来られないタイミングを狙って犯行に及んだんでしょうね」

拓真は劇団員たちを見渡して言った。

「劇団全員で殺したくなってしまうほど、座長の刈谷健介さんのことが憎くて仕方なかったんですね。それと、奥さんの刈谷智美さんと宮内さんの間には、不倫関係もあった。まあそれは、僕もついさっき知ったことですが……」

すると、宮内明斗が口を開いた。

「誤解してほしくないんですが、不倫関係のためにあいつを殺したわけじゃありません。あいつを殺したのは、団員が全員、あいつを憎んでいたからです」

そして宮内明斗は、はっきりとした口調で語った。

「パワハラ、ギャラの不払い、運営費の私的流用、そして智美さんへの暴力……挙げればきりがありません。アクションや演技の指導者として、かつては本当に立派な人物でしたが、年を取るごとに傲慢になっていき、団員の意見にも耳を貸さなくなり、また酒の量が増えて、困難にぶつかるたびに酒に逃げるようになって……。もはや、かつて僕が師と仰いだ人とは程遠くなっていたんです」

さらに、刈谷智美も語る。

「私も、元は女優だったんです。結婚した時は彼を本気で愛していましたが、私の好きだった部分は、どんどん消えていってしまいました。私は裏方に回るようになりましたが、私が苦労して取ってきた仕事もぞんざいにこなすようになって、業界内での評判も悪化して、団員もどんどん逃げていって……しまいには劇団のお金でギャンブルまでするようになったんです」

「これじゃ劇団ひざげりは持たない。解散すべきだと言ったら、お前らの悪い噂をばらまいてやるなんて脅してきて……」大河原晴也もうつむいて語った。

「しまいには、私の裸の写真をばらまくなんてことまで言ってきて……」刈谷智美も泣きそうな顔で言った。

「まだ劇団の運営費が残ってるうちにあいつを殺して、お金を山分けして、それぞれ新しいスタートを切ろう。そう思ったんです」

宮内明斗は、拓真を強い眼差しで見つめて、はっきり言った。

「犯行を主導したのは僕です。他のみんなは、僕の計画に乗っただけです」

だがそこで、他の劇団員たちが声を上げた。

「宮内さん、格好つけないでください！」大河原晴也が言った。

「俺たちもみんな、一緒に計画を立てたんだ！」坪江修平も続いた。

「そうですよ宮内さん！　私たちは全員、運命共同体。約束したじゃないですか」

田渕亜矢も、両手を広げて訴えた。

その様子を見て、拓真は、なんとかこらえようと思ったが、つい表情に出てしまったようだった。

「……ちょっと、何笑ってるんですか刑事さん」

「何がおかしいんですか！」

田渕亜矢と大河原晴也が、拓真を見て怒りをあらわにした。

「いや、あの……すいません」

拓真はつい、正直に言ってしまった。

「なんというか……またみなさん、ちょっと芝居がかってるな〜って思いまして」

「何だとこの野郎！」

「ああ、ごめんなさい、ごめんなさい。そうですよね、今のは芝居じゃないですもんね」

拓真は慌てて、フォローのつもりで言った。

「いつも、そういうお芝居をなさってるから、本気で喋ってる時にも、つい臭い芝居みたいな話し方になっちゃうみたいな……そういうことですもんね」

「てめえ、言っていいことと悪いことがあんだろ!」大河原晴也が怒鳴った。

「あ、いや、すいません……」

まずい。フォローのつもりが、火に油を注いでしまったようだ。劇団員たちは揃って、殺意のこもった目を拓真に向けていた。ああ、これは本気で怒らせちゃったかな……。

拓真の悪い予感は、すぐに現実となった。

「マジでこいつ、もうボコっちまおうぜ」

大河原晴也の言葉に、田渕亜矢と坪江修平もうなずいた。

「うん、賛成」

「俺たちにはもう、失うものなんてないもんな」

三人が、殺気に満ちた目で拳を構え、拓真に歩み寄ってきた。宮内明斗も刈谷智美も、それを静観している。

「ちょっ、ちょっと!」拓真はうわずった声で訴えた。「あの、外に警察いますからね! この会話だって無線で聞いてるし、ぼ、僕に危害を加えたら、公務執行妨害が追加されちゃうし、あなたたちだって取り押さえられる時に怪我をするかもしれないし……」

　すると、三人は立ち止まり、薄笑いを浮かべた。

「ふん、冗談だよ」

「声裏返しちゃって、格好悪い」

「あんたこそ、もうちょっと切れ者の刑事らしい芝居をした方がいいよ」

　そこで、稽古場の出入口が開いた。

「大磯、大丈夫か～？」

「ボコられてないか？」

　目黒や江川や内藤ら、稽古場の外にひっそりと控えていたメンバーが入ってきた。みな一様に、薄笑いを浮かべている。

「ちょっと、遅いですよ！」

　拓真は、恐怖の余韻で声を震わせて文句を言った。

「悪い悪い……じゃ、みなさん、こちらへ」

　劇団ひざげりの容疑者五人は、あきらめた様子で手錠をかけられ、パトカーへと連行されていった。

『あちゃ～、最後は格好つかなかったわ』

八重子は、拓真の様子を見ながら苦笑していた。

とはいえ、ついに拓真が、自分の力だけで事件を解決したのだ。これは間違いなく喜ばしいことだと、八重子は感激していた。

それと同時に、予感していた。

いよいよ、来るべき時が来るのだろうと――。

8

『ついに拓真がね、自分で事件を解決できたの。これでもう私は、成仏するんだと思う』

八重子が、レジの後ろの煙草の品出しをしている美久に告げた。

『あの、本当に、成仏しちゃうんですか？』美久が聞き返す。

『自分の体のことは自分で分かる、なんて、生きてる人間がよく言うじゃない？　それって、幽霊になっても同じなのよ。拓真が一人前になったのを見届けた私は、きっともうすぐ成仏する。自分のことだから分かるの』

八重子がそう告げた後、美久に頭を下げ、涙声で言った。

『美久さん、前も言ったけど……拓真をよろしくね』

その様子を見て、美久も思わず涙ぐんだ。

『八重子さん……私、寂しいです。初めてここまで仲良くなれた幽霊なのに……』

「あの、どうしたんですか、杉岡さん、急に涙ぐんで……」

突然声がかかって、美久は驚いて振り向いた。

「はっ！」

いつの間にか、拓真が客として来店していた。

「ああ、いえ、すいません、何でもありません、いらっしゃいませ」

美久は慌てて涙を拭い、拓真の接客をした。


そして、その翌週――。

美久は、レジの後ろのフライヤーで、エミリーマート名物の「エミチキ」を揚げながら、心の声で言った。

『あのお……いつになったら成仏するんですか？』

『う～ん、ちょっと予想が外れたみたいねえ』

八重子は美久の隣で、苦笑しながら答えた。

八重子は、この日もエミリーマート独鯉警察署前店に、拓真とともに現れた。拓真の出勤日には、基本的に毎日来店している。要するに、八重子は今までと少しも変わりはなかった。成仏のじょの字もなかった。

『やっぱりね、拓真がたまたま一回、自力で事件を解決できただけじゃ、私の心配がなくなったっていうのには程遠かったみたい。まあ、薄々そうかもしれないな～とは自分でも思ってたんだけど』

『何ですかそれ、こっちは本当に成仏しちゃうんだと思ってたのに！』美久は抗議した。『自分の体のことは自分で分かる、みたいに言ってたじゃないですか』

『あれってさあ、生きてる人間が言ってるのも、あてにならないでしょ？　自分の体のことは自分で分かる、もうすぐお迎えが来る——なんて言って、五年も十年も生きてる人っているじゃない？　幽霊になっても一緒みたいだわ』

『もうっ、信じてちょっと涙ぐんじゃって、損した気分なんですけど～』

美久が心の声で抗議していた時だった。

「あの、杉岡さん……」

「はっ！」

またしても、いつの間にかレジの前に立っていた拓真に声をかけられ、美久は慌てた。

「あ、すいません、いらっしゃいませ……」

美久が、拓真の弁当とお茶を会計していると、拓真がおずおずと言ってきた。

「あの、杉岡さん」

「何ですか？」

「この前、僕を見て急に涙ぐんだっていうのは、その……」

拓真は意を決したように尋ねてきた。

「僕への思いが募ったとか、そういうことだったのかな……」

「は？　違います！」

「えっ……」

絶句する拓真を見て呆れながら、美久は心の声で、傍らの八重子に文句を言った。

『もう、どうしてくれるんですか。結果的にあなたの孫が、もっと勘違いしちゃったじゃないですか！』

『えへへ、ごめん。てへぺろ』八重子は頭をかいて舌を出した。

『てへぺろって……それ、もう死語ですよ』

『そりゃ死語も使うわよ。だって私死んでるんだから。アハハハ』八重子が笑う。

あ～、マジでこのバイト辞めよっかな——。美久は深くため息をついた。

守護霊刑事

藤崎 翔

2021年4月 5 日　第1刷発行
2021年4月26日　第2刷

発行者　千葉 均
発行所　株式会社ポプラ社
〒102-8519　東京都千代田区麹町4-2-6
一般書ホームページ　www.poplar.co.jp
フォーマットデザイン　bookwall
校正・組版　株式会社鷗来堂
印刷・製本　中央精版印刷株式会社

N.D.C.913/270p/15cm　ISBN978-4-591-17003-8

P8101423